契約離婚

花嫁は御曹司に甘く囚われる

麻生ミカリ

Illustration
天路ゆうつづ

gabriella plus

契約離婚 花嫁は御曹司に甘く囚われる

contents

gabriella plus

イラスト／天路ゆうつづ

契約離婚

花嫁は御曹司に甘く囚われる

第一章　この結婚は、終わることになりました

「えっ……？　お姉ちゃん、待って。それはどういうこと？」

梅雨《つゆ》の切れ間の晴天《せいてん》の下、深山優笑《みやまゆえ》は電話の向こうの姉の返事を待って立ち尽くした。

『どういうことって、優笑、あなたこそ何を聞いていたの？　お父さんの会社が困っているから、俊輔《しゅんすけ》さんに手を貸してもらいたいって前々から頼んでいるのに。それとも、二十四歳にもなってはっきり言ってもらわないとわからないの？　お金よ、資金援助。金額は――』

手にしたスマートフォンを、思わずぎゅっと握りしめる。意識して力を入れていなければ、落としてしまいそうなほどに全身の血の気が引いていた。それでも、太陽は父の事業の失敗を知る前もあとも変わらずにさんさんと輝いている。

けれど、急激に指先が冷たくなるのを感じながら、優笑はひとつの結論にたどり着いた。

――ああ、だから……

『あなたね、今までお父さんに育ててもらった恩返しだと思えば、そのくらいの金額なんてことないはずよ。わかるでしょう？　うちの夫に迷惑をかけるわけにいかないのも、次期社長と

しての立場を考えたら当然よね？　だったら優笑が俊輔さんに頼むのが道理というものだわ』

「……そう、なのかな。だけど……」

『そうに決まっているでしょう！』

――こうなることを知っていたから、俊輔さんはあんな提案をしたんだ。

耳元でわんわんと響《ひび》く姉の声は、聞こえているのにもう頭に入ってこない。

優笑は、街路樹の隙間から空を見上げて、この結婚がほんとうに終わってしまうのだと唇を噛《か》みしめた。


優笑の父は、田津原興産《たづはらこうさん》という曽祖父の代から続く輸入業《ゆにゅうぎょう》の会社を経営している。

もとは調味料や、海外の食品を主に取り扱っていたが、父の代でレアメタルの輸入に参入し、携帯電話の普及により業績を大きく伸ばした。そのため、兄、姉、優笑は皆、裕福な家庭で育った。

兄の優高《ゆたか》は、昔からあまり家にいつかず、学習塾の自習室を好んでいた。優笑とは七歳離れているため、あまり遊んでもらった記憶はない。兄は十七歳でアメリカの高校に留学し、そのままアメリカで大学に進学した。兄が家を出たとき、優笑はまだ十歳だった。

姉の優美《ゆみ》とは三歳違いで年も近かったため、姉が中学生になるまで子ども部屋で一緒に眠った。華やかな美人で、どこに行っても話題の中心となる人だった。同時に、田津原家は姉を中心に回っているようなところがあった。ピアノのコンクールで上位に入賞し、買い物に出かければ芸能事務所の名刺を何枚ももらって帰り、一年前の服は流行遅れだと言ってすべて優笑にお下がりをくれる。小学校、中学校、高校と、優笑は私立のエスカレーター式でずっと姉の通った道をたどってきた。どの学校でも、教師たちは「あの田津原さんの妹さん？」と驚いた顔をした。

教師たちが驚くのは当然だ。

優笑は、優美とはまったく似ていない。アーモンド型のきゅっと上がった目尻に、ツンと高い鼻、赤い唇のモデルのような外見の姉に比べて、優笑は平凡そのものだった。成績優秀な兄と美貌の姉に比べて、優笑は地味でおとなしい人生を歩んできた。

小学校二年生の授業参観で、将来の夢というテーマの作文を読む機会があった。

優笑はもともと引っ込み思案なところがあり、みんなが座っている中、ひとりで立って作文を読むのは大の苦手だったが、そのときは自宅でお手伝いの女性相手に何度も練習をして、参観日に備えていた。

当日、優笑の番が来て作文を読み終えると、その前はいたはずの父と母の姿が見えなくなっていた。同じ小学校に通う姉のクラスへ行ったのかもしれない。少し残念だけど、仕方がないな、と優笑は思った。

帰宅すると、父の機嫌は最悪だった。

「おまえは、田津原の家に生まれながら、肉体労働者になろうとしているのか！」

「水族館のしいくいんさんになりたいっていうのは、恥ずかしいことなの？」

春の遠足で水族館に行ったとき、優笑は魚たちと一緒に泳いだり、ペンギンに餌《えさ》をやったりする飼育員を見て、子ども心に強い憧《あこが》れを抱いた。だから、そのときのことを作文にしたためたのだ。

「おまえの姉さんは、同じ二年生のときにはピアニストになることを夢見ていた。芸術的で夢のある子どもだった。それに比べておまえは――」

優笑には、わからなかった。

ピアニストになりたいと思うことと、水族館の飼育員になりたいと思うことには、どんな違いがあるのだろう。学校の先生は、どんな夢でも自由に作文に書いてくるように言っていたはずだ。

小学校二年生で小さな夢を否定され、それから将来の夢を書かなければいけないとき、優笑はいつも『お花の先生』や『お茶の先生』と書くようになった。けれど、心はずっと水族館の飼育員に憧れつづけた。

家で嫌《いや》なことがあるたび、電車に乗って品川にある小さめの水族館に向かった。そこはいつもあまり人が多くなく、暗くひんやりした館内を歩いていると、次第に心が落ち着いた。

特に好きだったのはマンボウの水槽《すいそう》だ。

大きな体で小回りのきかないマンボウは、ほかの魚と同じ水槽に入れることができない。水槽の内側にぶつかり防止の保護シートが張られ、幻想的な青色のライトの照らす中、マンボウはふわりふわりふわりと泳いでいた。ひとりぼっちで、寂《さび》しくないのか。優笑はそのマンボウが心配だった。

中学校三年の春、エスカレーターで高等部に進学するのではなく、外部受験をしたいと両親に相談したときも、頭ごなしに叱《しか》られて「何もできないくせに夢ばかり語るな！」という父の言葉に傷つき、優笑は品川へ向かった。

初めて訪《おとず》れたときとは経営者が替わっていたが、マンボウの水槽はいつも同じ不思議な青色のライトに照らされている。

一時間ほど、そこで立ち止まっていただろうか。幾人かの見学客が来ては去っていった。

「マンボウ、ずっと見ているね」

少年とも青年とも判別できない声に、優笑はぱっと顔を上げた。

ニットキャップを目深にかぶった細身の男性が、水槽をじっと見つめて立っている。

「……寂しそうに見えたから」

消え入りそうな声でそう言うと、彼は右手を軽く握って口元に当てた。

「よく見て。あそこに、小さい魚がいるだろ？」

マンボウの水槽には、マンボウが一匹だけ——ではなかった。いつも、十五センチほどの小さな魚がそばを泳いでいる。優笑はそれを、マンボウの餌だと思っていた。

「あれね、食べるわけじゃないんだよ」

「えっ⁉」

思わず大きな声が出て、館内に反響する。

「マンボウは、歯が上下一枚ずつしかないんだ。だから、海の中だとやわらかいクラゲとかイカとかを食べるんだって。だから、水族館では飼育員が水槽に入って、すり身の団子を手渡しで食べさせるんだ」

「じゃあ、あの魚は？」

「寂しくないように、一緒に泳いでいるんじゃないかな」

ほんとうのところは知らないけど、と彼は言った。

ずっと餌だと思っていた魚が、実は餌ではなくマンボウの友達なのかもしれないというのは、当時の優笑にとって目から鱗《うろこ》が落ちるような見解で。

――勝手に餌だと思っていてごめんね。

アクリルの水槽に、そっと手のひらで触《ふ》れる。

人間ひとりの目に見えるものは、限《かぎ》られていた。

たとえばマンボウは体表《たいひょう》が水圧でふよふよ動いているように見えるけれど、実はそこまで肌が弱いわけではない。マグロやカツオと比べても、硬い体表をしている。ただし、ほかの魚と違って尾鰭《おひれ》がない。その代わりに、船の舵《かじ》と似た役目を持つ舵鰭《かじびれ》がある。大きな体も相まって、舵鰭では急な方向転換ができないため、水槽の中だとぶつかってしまう可能性があるから保護シートで水槽内を覆《おお》っている。それに、あんなにのんびりして見えるのに、マンボウは水深二百メートルの海中まで潜《もぐ》っていける。

たよりなげに、どこか儚《はかな》げに見えていたマンボウは、優笑が思うよりずっと強い生き物だった。

内部進学をして高等部に入学したあとも、優笑は品川の水族館に何度も足を運んだけれど、あの日偶然出会った彼と再会することはなかった。今では、もう声も思い出せない——

そんな優笑に十七歳のとき、縁談が舞い込んだ。ちょうど姉が二十歳で婚約した直後である。

優美は相手の釣書《つりがき》を見て、

「ねえ、優笑、この人きっとほんとうはわたしに求婚したかったんでしょうね。それが、婚約してしまったから、仕方なく優笑を選んだんだと思わない？」

と言った。その言葉に、父と母も追従《ついしょう》する。

「そうとしか思えん。あの深山家のご子息だ。優美ならともかく、優笑をご所望《しょもう》だなんて何かの間違いじゃないのか」

「あら、でも優美ちゃんの妹だからこそ評価してくださったということもあるかもしれないわよ。ねえ、優美ちゃん？」

早くに家を出た兄は、実家を毛嫌いして大学卒業後も家には戻らない。それは、父母が常に姉を中心に物事を考えるところが原因だったのかもしれない。

生まれたときから、それが当たり前だった。姉は絶対で、誰もが姉を女王のように扱う。むしろ、そんな素晴らしい姉の妹として生まれてきたことを感謝すべきだったのだろう。

「あの、でも縁談って、わたしはまだ高校生だし……」

うつむいた優笑を、優美が覗《のぞ》き込んでくる。

「ねえ、優笑。あなたみたいに地味で取り柄がなくて、おばあさんたちに混ざってお茶やお花ばかりやってるような子を、わたしの代わりに望んでくれる方がいるのよ？　相手がどこの誰だろうと、喜んでお受けするべきでしょう？」

バレエやピアノが得意だった姉と違い、内向的だった優笑は幼いころから茶道《さどう》や華道《かどう》、書道《しょどう》を好んできた。同年代の女子が少なく、大人の多い習い事のほうが安心できたのだ。

「それとも、深山の御曹司《おんぞうし》よりいい相手と結婚できるとでも思ってるの？」

「…………」

何も言えずに首を横に振る。すると、姉は優しく優笑の背中を撫《な》でてくれた。

「いい子ね。ほんとうはちゃんとわかっているのよね。優笑はまだ子どもだから、縁談なんて言われて恥ずかしくなってしまっただけでしょう？　ね、お父さん、お母さん？」

「あらあら、そうだったのね。優笑ったら、ほんとうに内気なんだから。いつまでもお姉ちゃんのかげに隠れてばかりじゃダメよ」

「もう、お母さんったら」

母と姉が笑い合う声を聞きながら、優笑も笑顔を取り繕《つくろ》う。姉がおさめてくれたのだから、感謝しなくてはいけない。そう思っていた。

そして、優笑は深山俊輔との見合いの席に出向いた。

ほんとうに、なぜ自分との縁談を望んだのか不思議に思うほど、彼は美しい青年だった。

出会ったころ、彼はまだ大学生だった。父や兄のように政治家にはならず、母方の祖父の会社を継《つ》ぐ予定でインターンシップにいそしんでいた。

「はじめまして、田津原優笑と申します」

「……はじめまして、優笑さん。私は深山俊輔です」

一瞬、妙な間があった。彼は、もしかして自分にがっかりしたのかもしれない。

──お姉ちゃんに似ていないから？　それとも、何か失敗してしまったのかな。

先方から声のかかった縁談ではあったが、あちらから断《ことわ》られる可能性もある。優笑は見合いの席で、なるべく黙って過ごした。両家の母親同士が主に会話を進め、俊輔はときどき優笑に話しかけてくれた。それに「ええ」「はい」と答えるばかりで、優笑はほとんど置物のようになっていた。

それなのに、その日の夜に仲介《ちゅうかい》に入った両親の知人を通じて、先方からぜひこの縁談を進めたいと連絡があったときにはたいそう驚いた。

当人の意向など確認することなしに両親は色好《いろよ》い返事をし、優笑は二週間後の週末に今度は姉のつきそいのもと俊輔と会った。

「優笑さん、縁談を受けてくれてありがとう。とても嬉《うれ》しかったよ」

彼がそう言ってくれたあの日から、優笑はずっと俊輔に相応《ふさわ》しくあろうと努力してきた。いつも姉と比較され、自分を出来損ないだと感じていたけれど、劣っているなりに努力することを心がけた。俊輔ならば、どんな女性だって選べたはずなのに、自分に目を留めてくれて結婚まで申し出てくれたのだから、彼の迷惑にだけはならないようにしたかった。

高校卒業と同時に婚約パーティー、大学を卒業した年の六月には結婚式。そのどちらも、場所は老舗ホテルの東京櫻楼閣《とうきょうおうろうかく》だった。深山家は明治時代に櫻楼閣を建てた華族の末裔《まつえい》であり、経営にも関わっている。俊輔は大学生のころから櫻楼閣の会員権を持っていたそうだ。

母方の日苗《かなえ》家のアパレル事業を譲り受けた俊輔は、今ではカナエインターナショナルの社長だ。俊輔の代になって、自社製品以外も取り扱うファッション通販サイト『カナエックス』を立ち上げ、スマートフォンの台頭《たいとう》によりまたたく間に業績が上がった。今では、『カナエックス』といえば誰もが知るファッション通販最大手である。

大学三年になったとき、俊輔は優笑に自分の会社に就職しないかと声をかけてくれた。憧れていた仕事を家族に反対されていたこともあって、優笑は彼の言葉にうなずいた。卒業後は、カナエインターナショナルで社長秘書――つまり、俊輔の秘書として働いている。引っ込み思案なところのある優笑だが、控《ひか》えめなところが功《こう》を奏《そう》してか、年配の男女から気に入られることが多い。俊輔は、それをとても喜んでくれた。

昨年、結婚一周年の記念日は櫻楼閣で食事をしてスイートルームに宿泊した。

誰もが羨《うらや》む、幸せな妻。その席に自分が座っていていいのか、優笑はいつも少し不安だった。身に過ぎた幸せを甘受《かんじゅ》しているのではないだろうかと思ったことは一度や二度ではない。

結婚して二年、俊輔の購入したタワーマンションの最上階はふたり暮らしには広すぎる5LDKにウォークインクローゼットがふたつ。ベッドルームはそれぞれ別で、掃除は二日に一度、マンションの専門家事代行サービス業者が行ってくれる。下着や靴下《くつした》以外の衣類は、朝出勤する際に専用のクリーニングバッグに入れてコンシェルジュデスクに預け、帰宅時に前日預けたクリーニング済の衣類を引き取る。

優笑は毎日、朝食とスムージーを作り、夕食とデザートの果物を用意するだけだ。こまかいことを言えば、浴室の掃除や下着類の洗濯があるけれど、そのくらいは実家で家事の手伝いをしていたころより簡単だった。

パーティーや会社の行事では、秘書として妻として俊輔のパートナーを務めること。それだけが、彼が優笑に求めたものだった。秘書とは名ばかりで、実務にたずさわることはほとんどない。社に訪ねてきた客人をもてなしはすれど、彼の海外出張に同行したことはなかった。

別のベッドで眠る新婚旅行も、ベッドルームで彼の訪れを密《ひそ》かに期待する夜も、過ぎてしまえばなんということはない。彼が求めたのは、妻という役目を果たせる女性だったというだけの話だ。

そこには、恋愛感情がなかった。女性として求めるものもなかった。いつか、もしかしたら俊輔が子どもをほしいと思うときには、そういう役割も加わるのだろうか。あるいは、彼は最初から正妻以外に妻として迎えられない愛する存在がいるのだろうか。

どちらだとしても、優笑が彼を責めることなどありはしない。これは、政略結婚だったのだから。

実家の両親や姉からは、俊輔の機嫌を損《そこ》ねないよう何十回となく言われてきている。父は深山家と姻戚《いんせき》関係になったことで、さらに事業を拡大しようとしていた。姉の嫁《とつ》ぎ先の各務《かがみ》家でも、深山の家とのつながりは役に立っているそうだ。優笑が俊輔と結婚していることで、誰かの利益になる。

――俊輔さんにはなんのメリットもないのに、おかしなものね。

今でも優笑にはわからない。

どうしたら俊輔が気分よく過ごしてくれるのか。そして、何をしたら彼の機《き》嫌《げん》を損ねるのか。

彼は、優笑が何をしようとしまいと、いつだって穏やかで紳士的で誰にでも優しい。もちろん妻として扱い、心を配ってくれる。

いちばんほしいもの以外、彼はなんだって与えてくれた。

だから、優笑も決して口に出すことはなかった。

彼に愛されたい——それは、おそらく自分が望むにはおこがましいことなのだと、言い聞かせて。


結婚二年目の記念日も、彼は馴染《なじ》みの高級ホテルで食事を予約してくれていた。しかし、イギリス出張の帰りに天候が悪化し、帰国が予定より遅れてしまったため、予約をキャンセルすることになった。記念日の二十三時過ぎに帰宅し、優笑は軽い夜食を準備した。俊輔が好んで飲むブルゴーニュ地方のスパークリングワインも冷やしておいた。

「仕事とはいえ、結婚記念日に慌《あわ》ただしくしてすまない。よかったら、一緒にスパークリングワインをどうかな」

「ありがとうございます」

フルートグラスをもうひとつ取り出してダイニングテーブルに置くと、俊輔がスパークリングワインのハーフボトルを持ち上げる。夫婦として、こういう形もあるのかもしれない。優笑は、礼儀正しい関係に納得していた。

「ほんとうは、記念日らしい演出も考えていたんだけど、俺の仕事の都合で迷惑をかけたね」

グラスを手に、彼が言う。

「いいえ、一緒にお祝いできるだけで嬉しいです」

同じ高さにグラスを掲《かか》げて優笑が微笑《ほほえ》む。

「結婚二年、おめでとう。それとこれは、俺からのプレゼントだよ」

真っ白な封筒を差し出して、彼がグラスをかたむけた。

なぜだろう。妙に胸騒ぎがする。しかし、ひと口も飲まずに封筒を手にするのは、贈り物に夢中になりすぎているようで品がない。優笑は薄くひと口スパークリングワインを口に含むと、味わう素振《そぶ》りで封筒から目を反らした。

数秒後、その封筒から出てきたのは一通の離婚届。

なぜ、と問いたい気持ちをぐっと押し殺し、優笑はそれを元通り封筒にしまった。

「何か、言いたいことはないかな？」

いつもと同じく――いや、いつもよりずっと優しく、彼がまた微笑む。その笑顔を見ているだけで、胸が痛くて泣きたくなった。

離婚したくない。俊輔と一緒にいたい。

――だけど、わたしにそれを望む権利なんてないのかもしれない。結婚して二年、俊輔さんはわたしをほんとうの妻として受け入れてくれてはいないんだもの。

外から見れば、完璧な深山夫妻。

だが、家の中でのふたりは決して夫婦と呼べる関係ではなかった。

「優笑」

優しい声で名前を呼ばれて、優笑はハッと顔を上げる。

「優笑がどう思っているか、気持ちを聞かせてほしい。俺はきみの気持ちを尊重するつもりだよ」

離婚を切り出しておきながら、彼は今もなお優笑を慮《おもんぱか》ってくれているのか。そう思うと、申し訳なさが先に立つ。いっそう、自分の本音など口に出せる状況ではなくなっていた。

「……俊輔さんのお考えどおりに」

引きつりそうになる頬《ほお》を、かろうじて笑みの形に取り繕う。

一瞬、俊輔が驚いたように目を瞠《みは》るのがわかった。けれど、彼はすぐに目尻を下げて困ったような、それでいてとても温かい笑みを浮かべる。

「こんなものをわたされても、きみは何も言ってくれないんだね」

「え……？」

「いや、こちらの話だ。気にしないで」

ハーフボトルを手に、俊輔がグラスを満たす。

グラスの中で上へ上へと立ちのぼる気泡《きほう》を見つめて、優笑は自分が言うべきだった答えを必死に探していた。

気持ちを聞かせてほしいと彼は言った。だからといって、本心を告げていいという意味ではあるまい。

——だって、わたしは俊輔さんのほんとうの奥さんになりたいって思っていて、彼は離婚届を持ってきたのに今さらそんなことを言われたって困るだけだから……

「俺は、きみと出会ってからずっと、幸せな毎日を過ごしているよ」

「あ、あの、わたしもです。ありがとうございます」

そこで、「だったらどうして離婚届を?」なんて口に出せるなら、この関係も少しは違っていたのかもしれない。

「……もっと幸せになるための小道具だったたんだけどね」

そのあとは、何を話したか覚えていない。おそらく、普段と変わらず食器を食洗機《しょくせんき》に入れて、シャワーを浴びてベッドに入ったのだと思う。

翌日、何事もなかったように俊輔は朝食を摂《と》り、一緒の車で出社した。

いつもと違ったのは、彼が新しい秘書を雇《やと》うための面接を行うと宣言したことだ。離婚と同時に、仕事も失う。縁故《えんこ》採用の最《さい》たるものなのだから、仕方がない。優笑は彼に指定されたとおりに求人情報を各所に送付し、それからしばらくはエントリーシートや履歴書《りれきしょ》の精査に追われることになった。

†　†　†

六月十二日、金曜。

その夜、東京櫻楼閣ではとある政治家の誕生日を祝う会が催されていた。

昭和時代から続く老舗高級ホテルだ。

都心にありながら、どの駅からも徒歩十分以上かかり、周囲には高層《こうそう》ホテルが立ち並ぶ中で三階建ての控えめな建築。それでいて、敷地の半分以上を自然味あふれる庭のまま贅沢《ぜいたく》に使用し、客室は十室しかない。近代的な高級ホテルと比べて、あまりにも異質な存在だ。

もともと櫻楼閣は、明治初期に建てられた個人邸宅だった。それが、昭和初期に諸外国から来日する政府関係者専用の宿泊施設となり、バブル期に大規模な改築《かいちく》を行い、時代を経た今では会員制ホテルとして運営されている。

一部特権階級のみが利用するホテルのためか、あるいは周囲から建物が見えないように背の高い木々で囲まれているためか、はたまたメディア関連の取材を一切断っているためか、櫻楼閣は一般的にその名を知られていない。

広い中庭に面した花宴《かえん》の間《ま》で、二百名を超える招待客が談笑している。櫻楼閣でもっとも大きな広間が花宴の間であり、室内の面積はおよそ三百平方メートル、天井は四・二メートル。天井には等間隔で豪奢《ごうしゃ》なシャンデリアが並び、フロアには花宴の間専用のオープンキッチンが備え付けられていた。

参加客の半数以上が壮年《そうねん》の男性で、そのうち三分の二が女性の同伴者《どうはんしゃ》を連れている。名だたる政財界の要人が一堂に会する場とあっては、平均年齢が高くなるのも致し方ない。

そんな中、ひときわ目立つ男性の隣《となり》で優笑は微笑みを浮かべる。

二十八歳の俊輔と二十四歳の自分。この会場で年齢以外に彼が注目されるのはふたつの理由があった。

第一に、俊輔の父は本日の主役、深山広忠《ひろただ》だ。義父は、与党で党三役《とうさんやく》を三度務めた衆議院議員である。広忠の父――つまりは俊輔の祖父も副総裁《ふくそうさい》を務めた経験のある政治家だった。そして俊輔の兄・洋輔《ようすけ》も、広忠の秘書を八年務め、前回の衆院選挙で初当選を果たした。深山家は国内でも有名な政治家一家なのだ。

第二に、夫の俊輔は華のある男性だ。細面《ほそおもて》に優しげな顔立ちは、真顔でいても少し微笑んでいるように見える。一八〇センチの長身に、すらりと長い手足のモデル体型で、世界最高峰《さいこうほう》と名高いフランスの有名ブランドのオーダーメイドを上品に着こなす。ちなみに今日のスーツは昨年末のフランス旅行でオーダーしたものだ。優笑も一緒にフランスへ行ったから、採寸《さいすん》だけで半日を要することも覚えている。

「優笑、そんなに緊張しなくてだいじょうぶだよ」

肩でそっと優笑を隠すようにして、俊輔が小さな声でそう言った。

「お気遣《きづか》いありがとうございます」

そんな彼を見上げて、優笑はほのかに微笑む。

結婚して二年。周囲からは初々しいふたりだと言われる深山夫妻だが、優笑は深山家の嫁《よめ》という役割のほかに俊輔の秘書でもあり、人混みで緊張してばかりはいられない。

とある女性客を見つけて、俊輔がすっと一歩踏み出した。優笑もそれに遅れず歩き出す。

「辰川《たつかわ》の大奥様、ご無沙汰しております。本日はお運びくださり、ありがとうございます。父もたいそう喜んでおりました」

「まあ、俊輔さん。ほんとうにお久しぶりね。ずいぶん大きく立派になって。お父さまも、さぞご安心でしょう」

歴史ある辰川百貨店のオーナー夫人は、俊輔の顔を見るとぱっと表情を明るくした。彼女だけではない。老若男女を問わず、深山俊輔に声をかけられて喜ばない者はいないのだ。

「大奥様には、子どもの時分から知られているので、今さら格好をつけるのが面映《おもは》ゆい限りです」

ふたりの会話を耳に、優笑は黙って俊輔の隣に立っている。出しゃばってはいけない。かといって、ずっとこのまま黙っていてもいけない。タイミングを見計らうのだ。

「俊輔さんの奥さん、たしか優笑さんだったわね。先日の野点《のだて》でもご一緒したから覚えていますよ」

唐突に話の矛先《ほこさき》がこちらに向けられる。優笑は会釈《えしやく》をして、夫人に微笑んだ。

「その節はたいへんお世話になりました。本日はどうぞごゆっくりお過ごしください」

「若い方がお茶の席に来てくださるのは喜ばしいことよ。なんなら、俊輔さんも今度はご一緒にいらっしゃって」

ご一緒に。

その言葉に、優笑はぴくりと表情が固まる。

「ありがとうございます。機会があればぜひ」

その程度で動じることのない俊輔は、しっとりと艶《つや》のある声で応じた。

二年前の六月、この櫻楼閣で俊輔と結婚式を挙《あ》げた。

そして今年の結婚記念日に、彼はプレゼントだと言って一通の書類を差し出した。


——こうして、櫻楼閣に来るのもこれが最後かもしれないな。

義父の誕生日パーティーの席で、優笑はふう、と小さく息を吐く。あらかた挨拶《あいさつ》も終わり、オープンキッチンからローストビーフが運び込まれるのを見て、あちこちから感嘆の声が聞こえてきた。今夜は、六本木の有名フレンチレストランに料理を任《まか》せているはずだ。しかし、どの料理も心が動かない。

「優笑ったら、ぼうっとしていたらダメじゃない」

不意に声をかけられて、優笑はぱっと顔を上げる。立っていたのは姉の優美と、姉の夫の各務だった。

「あ……」

「お義兄《にい》さん、お義姉《ねえ》さん、こちらにいらしたんですね。ご挨拶したくて探していたのですが、なかなかお会いできず申し訳ありません」

そこに、さっと助け舟《ぶね》が出される。姉の背後から姿を現したのは俊輔だ。

「俊輔くん、久しぶりだね」

姉より七歳上の各務は、三十四歳。口元に整えたヒゲを蓄えた、口数少ない男性である。

「ちょうどローストビーフをもらってこようと思って、優笑にはここで待っていてもらったんですよ。よろしければ、どうぞ。お義兄さんも」

立食パーティーの花形でもあるローストビーフを美しく盛り付けた皿を二枚、俊輔が各務と優美にさっと差し出す。

「いや、これは俊輔くんの分だろう」

「お気になさらず。ナイフさばきがあまりに見事だったので、優笑にも見せてあげたくなりました。ちょっとふたりで並んできます」

見事なのは、おそらくナイフさばきよりも優笑を軽やかに連れ出す俊輔の手腕だ。モカベージュのドレスの腰にさっと右手を添《そ》えて、姉たちに左手で手を振る。俊輔にすれば、妻の失態《しったい》を指摘される恥ずかしい局面だったことだろう。

「……ごめんなさい、俊輔さん」

「何を謝っているのかわからないな。それに、ローストビーフがおいしそうなのはほんとうだよ」

列に並んでいる間も、俊輔は腰に手を回したまま、優笑をエスコートしてくれる。

週明けには、優笑の後任となる秘書の選任のため面接が予定されている。引き継ぎまでは頼む、と俊輔から言われているものの、自分はいつまで今の仕事を続けられるのだろうか。

「俊輔、優笑さん」

よく響く声に顔を上げると、義父の広忠が近づいてくるところだった。

「父さん、声が大きいですよ。優笑が驚くじゃありませんか」

苦笑しつつも、俊輔は楽しそうに応じる。深山の家族は優笑にもとても親切だ。

「何、今夜は私が主役だ。多少の狼藉《ろうぜき》は大目に見てもらえるだろう、なあ優笑さん？」

恰幅《かっぷく》はいいが不健康に太っている印象はなく、広忠はとても活動的だ。今日で七十歳になったとはとても思えない。

「お義父《とう》さま、あらためてお誕生日おめでとうございます」

「ははっ、かしこまらないでくれ。こんな大仰《おおぎょう》にせずとも、家族だけで食事会でもすればいいんだが、仕事柄そうもいかなくてね。優笑さん、疲れていないかい？」

「お気遣いありがとうございます。とても華やかな会で、いろいろお勉強させていただいています」

　ローストビーフの香りが濃《こ》くなってくる。少し、胃が気持ち悪い気がした。そういえば、離婚を切り出されてからこちら、優笑は食欲がない。今日のために準備したドレスも、直前になってサイズが合わず、別のものに変えたほどだ。

「優笑さんはまじめだねえ。こういう日は、うんと楽しんでいけばいい。まだまだふたりとも若いのだから、よく遊びよく学べということだ。はっはっは」

　口元に手を添えて微笑んだとき、胃から苦いものが上がってくるのを感じた。手を下ろせなくて、優笑は小さく体をこわばらせる。

　――せっかくのお祝いの席なのに、どうしよう。

　背筋が冷たくなり、ひたいにしっとりといやな汗がにじむのがわかった。どうにかしてこの場を離れなければ、と思ったとき、「深山さん、お誕生日おめでとうございます」と姉の声が聞こえてきた。

「やあ、これは田津原の。いや、各務の若奥さんとお呼びすべきかな」

「どうぞ、優美と呼んでください。いつも愚《ぐ》妹《まい》がお世話になっております」

　目立つことが好きな姉は、この豪勢なパーティーの主役である義父と話す機会を逃しはしない。周囲の人々の目が、姉と義父に向けられるのを感じながら、優笑はその場に立ち尽くしていた。

「――優笑」

耳打ちするように小さな声で、俊輔が名前を呼ぶ。

「顔色が悪い。少し部屋で休もう」

「っ……いえ、わたしはだいじょうぶです」

「無理をしないで。兄も義姉さんもいるから俺たちがここにいなくてもだいじょうぶだよ」

俊輔の言う義姉は、優美ではなく俊輔の兄嫁のことだ。

「おや、どうかしたかい、優笑さん」

ふたりのやり取りに、広忠が目を向けてくる。

「少し人混みに酔ったようなので、部屋で休んできます」

誰が酔ったかはあえて言わずに、俊輔が優笑の体をしっかりと支えてくれる。ああ、また彼に迷惑をかけてしまった。優笑は情けない気持ちでかすかにうつむいた。

「結婚して二年なんて、まだまだ新婚ですからね。ふたりの邪魔はしないでくださいよ、父さん?」

冗談めかした俊輔の口調に、周囲が軽やかな笑い声をあげるのが聞こえていた。

花宴の間を出ると、俊輔はすぐに優笑を抱き上げて部屋まで連れてきてくれた。

「あ、あのっ、わたし、自分で歩けます……っ」

「駄目だよ。ほら、こんなに頬が青白い。もし優笑がつまずいて転んだりしたら、俺のほうがショックで倒れてしまうかもしれないけれどいいの？」

「それは……」

「だったらおとなしく、俺に抱きついていて」

客室はレトロな装飾で、天蓋《てんがい》のついたベッドが置かれている。レプリカではない芸術的な調度品に囲まれて、優笑はひとりベッドのふちに腰掛けていた。俊輔は、白湯《さゆ》をもらいに部屋を出ている。

──俊輔さんの腕、すごく力強かった。

細身に見えて筋肉質なことは、スーツの採寸のときにも見て知っていたけれど、実際に密着した彼は想像したよりもっと男性的な体をしていた。優笑とは違う、しなやかで逞《たくま》しい体だ。あの腕で強く抱きしめられたら、きっと逃げられない。そう思って、優笑は自分の頬を両手で覆う。

──いけないわ。そんなはしたないことを考えたりして！

だが、今まで何度想像したかわからないくらいに、優笑は彼に抱かれる日を夢見ていた。高校生のころからずっと結婚相手として意識してきたのだから、当然といえば当然のことだろう。

優しい俊輔なら、きっとベッドでもスマートに違いない。優笑をリードして、甘く導《みちび》いてくれるはず――

「――え、優笑、どうかした？」

「えっ⁉」

妄想にふけっている間に、俊輔が戻ってきていた。

白いポットをトレイに載せて彼が心配そうにこちらを見つめている。

「あまり具合が悪いようなら、今から病院へ――」

「い、いいえ！　ちょっとぼうっとしていただけです。すみません！」

「ほんとうかな。きみは我慢しすぎる」

――このベッドで、俊輔さんに抱かれることを想像していただなんて、言えるわけがない。

ふたりきりの部屋で、優笑は黙って白湯を飲む。

「優笑」

呼びかけにびくりと肩を震わせたのを、彼は見逃さなかった。

「心配しないでいい。今日はもうじゅうぶん尽力してくれた。なんなら、このまま部屋で休んでいってもかまわないんだよ」

「いいえ、そんなわけには……」

「父の誕生会より、俺はきみの体が大事なんだ。わかるだろう？」

長い指が、慰めるように優笑の頭を撫でる。

建物の中に反響して、花宴の間の室内楽《しつないがく》がここまで聞こえてくる。少しくぐもった音は、優笑の中の言い表せない不安によく似ている気がした。

──わたしは、この人が好き。だけど、好きだから離婚しなきゃいけない。彼に迷惑をかけないためにも……。

優しい手の夫を、優笑は失おうとしている。

それを拒《こば》む理由を、優笑は持ち合わせていなかった。

彼に恋をしているから一緒にいたいだなんて、きっと俊輔を困らせるだけだと知っていたから。

† † †

週明けに、後任秘書の面接が始まった。

優笑は昼休みに社から少し離れた公園までひとりで歩くことにした。空は淡水色《たんすいしょく》に透《す》き通り、緑は色を濃く生命力を強く感じさせる。普段なら、社の近くで昼食を摂《と》ることが多い。だが、今日は自然の香りに身を委《ゆだ》ねたい気持ちだった。

──仕事だけでも続けたいと言ったらダメかな。

俊輔は、結婚記念日以降何度か「優笑の気持ちを聞きたい」と言ってくれている。

そのたびに何も言えない自分を情けなく思うけれど、言えないのは自分の望みが彼の妨《さまた》げになるのが怖いからだ。

ほんとうは、ずっと彼のそばにいたい。今はほんとうの妻ではないかもしれないけれど、いつか彼の気持ちが自分に向く日を待っていたい。

——そうならないって確信があるから、俊輔さんは離婚しようとしているのかもしれないけど……

強いくらいの陽光が、大きく広げた枝葉の隙間から降り注《そそ》いでくる。世界はこんなに光に満ちているのに、優笑の心は重い。

不意に、バッグの中でスマホに着信があった。慌てて液晶《えきしょう》を確認すると、姉の名前が表示されている。

「もしもし、お姉ちゃん？」

『優笑、週末はステキなパーティーだったわね』

急な姉の電話は、父の会社がレアメタルの買付で問題を起こし、すでに前金をもらっていた分の商品が準備できず、違約金の支払いで裁判になりそうだというものだった。

想像したよりずっと悪い状況に、優笑はぞっとした。こんなときに、俊輔と離婚するだなんて言い出せそうにない。

「えっ……？　お姉ちゃん、待って。それはどういうこと？」

『どういうことって、優笑、あなたこそ何を聞いていたの？　お父さんの会社が困っているから、俊輔さんに手を貸してもらいたいって前々から頼んでいるのに。それとも、二十四歳にもなってはっきり言ってもらわないとわからないの？　お金よ、資金援助。金額は——』

終わりは唐突に訪れる。妻として愛されていなくとも、優笑にとって俊輔は大切な人だった。彼と一緒にいる時間は、それまで家族と暮らした日々と比べ物にならないほど穏やかで、優しくて、幸せで——

『ねえ、優笑。あなたから、俊輔さんに援助をお願いできるわよね？』

「それは……」

もし、俊輔がこれからも優笑を妻として必要としているなら、そういう援助も考えないでもないかもしれない。だが、彼はすでに離婚届を準備しているのだ。

だからこそ、優笑が妻として相応しくないと思ったのだろう。ならば、ますます彼からの資金援助なんて期待できない。いや、最初から俊輔に金銭面で頼りたくなどなかった。

「……わたしの貯金でよければ、自由にできると思う」

『あなたの貯金だなんて、雀《すずめ》の涙でしょう。優笑、こういうときは家族で助け合っていかなきゃいけないのよ。よく考えて俊輔さんに口添えしてちょうだい。わたしから何度か遠回しに話をしておいたのに、のらりくらりと避けてばかりなのよ。まったく、田津原の娘を嫁にもらっておきながら、実家の援助を自分から言い出さないだなんて、あなたの夫って思ったより気が利《き》かないわ。だから、優笑なんかを妻にほしがったのかもしれないわね』

「あ、あの……っ」

自分を悪く言われるのは慣れている。むしろ、それは当たり前のことだった。幼いころから自分の劣等ぶりを突きつけられて育った優笑には、それが異常だと思うことさえない。だが、俊輔を貶《おとし》める言葉には黙ってうなずけない。

反論しようと開いた口から声が出るより前に、

『いいわね。ちゃんと話しておくのよ。次に連絡するまでに、準備をしておいて』

姉は言いたいことだけ言って、電話を切った。

――どうしよう、どうしたらいいんだろう。

実家の家族と話すとき、優笑の口癖《くちぐせ》は「ごめんなさい」だ。俊輔と暮らすようになって、少しずつそれが減ってきたように思っていたが、終わりが近づいた今、優笑に言えることはやはり「ごめんなさい」しかないのだと思い知らされる。

役に立てなくてごめんなさい。

期待に応《こた》えられなくてごめんなさい。

歩きながら電話に出たはずが、気づけばいつもどおり石のベンチに座っていた。人間は無意識に普段と同じ行動をできるらしい。頭上の緑を風が揺《ゆ》らす。青空を見上げて、優笑はぼんやりと考えていた。

もし、最初から俊輔が姉に縁談を持ちかけていたら、こうはならなかったのかもしれない。キスすらしたことのないまま、二年間も夫婦としてそばにいてくれたのだ。感謝こそすれ、離婚を拒む理由も彼を恨む気持ちもない。ただ、できるなら俊輔が次は心から愛せる女性と結ばれることを願うばかり――

――ほんとうに？

自分の内から聞こえてくる問いかけに、優笑はきゅっと奥歯を噛みしめた。

ほんとうに、彼がほかの誰かを愛することを願うのだろうか。自分ではない誰かと幸せそうに微笑み合う姿を見たいと思えるだろうか。

「……そんなの、いやだ」

午後の就業時間が近づいてくるのを感じながら、優笑は動けなかった。

短い晴れ間が終わりを告げ、公園の石畳《いしだたみ》にぽつぽつと雨粒《あまつぶ》が落ちてくる。灰白色《はいはくしょく》を色濃く染める雨を見つめて、優笑はため息をこぼした。

何もない、自分。

兄や姉と比べて優秀でもなければ美しくもなく、誰かに期待されることもない子どもだった。

思い返すかぎり、水族館の飼育員になりたいと言って父に叱られて以降、家族の言葉に反論したことはない。彼らの意向にそって生きていくことが、何もできない自分に唯一許された道だと思っていた。諦めていた。受け入れることに慣れていた。

――だけど、それじゃ駄目なんだ。俊輔さんに迷惑をかけるわけにはいかない。たとえ離婚するのがわかっていても、わたしは俊輔さんを守りたい……！

そのとき、優笑は生まれてはじめて、両親と姉の意見を拒絶しようと決意した。

姉の電話の件は、俊輔には伝えない。

そう決めると、雨さえもなんだか気持ちよく感じてきた。

† † †

姉の電話があってから数日後の朝。

ベッドから起き上がり、いつもどおり顔を洗って着替えをして、エプロンをつけてキッチンに立つ。

今日は平日だが、俊輔は休みの予定になっていた。優笑も有給休暇を取っておくよう言われたので、今朝は仕事に行くときと違って、少しカジュアルな服を選んでいる。

スムージーの準備ができたところで、俊輔がパジャマ姿でリビングに顔を出した。

「おはようございます」

「ん……おはよ、優笑、休みなのに早いね」

オフモードの彼は、前髪を下ろしているせいか年齢よりも若く見える。普段は社長としてしっかりしているから、なおさら気の緩んだ姿は新鮮だ。

彼はダイニングテーブルにつくと、大きくあくびをひとつ。冷蔵庫からミネラルウォーターをグラスに注ぎ、俊輔の手元に置いた。

「優笑、今日は一日ふたりで出かけようか」

テーブルに肘をつき、彼がふわりと微笑む。

「あの、何かお話があるのでは……？」

離婚について話し合いが必要だから休暇を取ったのだと思っていた優笑は、少し面食らって問いかけた。

「話したいことはたくさんあるけど、ここ最近忙しかったからたまにはのんびりしよう」

たしかに、二月三月の決算期前後から、六月の俊輔の父の誕生日まで多忙な日々が続いていたのは事実だ。彼が休みたいと思うなら、それに付きそうのも優笑の妻としての仕事だろう。

「わかりました。行き先は決まっていますか？」

「そうだねえ。たまには水族館なんてどうかな」

その言葉に、胸がどくんと高鳴る。

結婚してからこちら、優笑は一度も水族館へ行っていない。家庭に入ったことでひとり勝手に出かけるのはどうかと思う気持ちと、社会人になって時間の自由がきかなくなったのが理由だった。

「その表情から見るに、不満はなさそうだ」

「わたし……、水族館が大好きなんです！」

そういえば、好きなものを話したこともなかったと、今さらになって気がつく。

この二年間、物理的な距離は誰よりも近かったのに、優笑は俊輔に自分のことを話そうとせず、俊輔のことを聞こうとしなかった。

——たかがその程度のことも話せていなかっただなんて、俊輔さんがわたしを妻として必要としないのも当たり前かもしれない。

「せっかくだから、車で少し足を伸ばそう。八景島《はっけいじま》は行ったことがある？」

「中学生のころに、一度だけ」

「だったら久しぶりで楽しいかもしれないね。決まりだ。今日は八景島に行こう」


俊輔の運転は、とても丁寧だ。

車に乗ると人が変わるなんてこともなく、いつもの彼のまま親切で無理のない運転をする。無理な追い越しや車線変更はせず、信号が青から黄色になったら減速《げんそく》する。当たり前といえば当たり前のことだが、優笑は彼の運転する車に初めて乗ったとき、とても驚いた。

今日も、都心を離れた信号の少ない道路で、彼は年配の女性が道を横断するのを待つために車を停車する。

「俊輔さんは、誰にでも優しいですね」

女性が道を渡る途中、小さくこちらに頭を下げた。俊輔もにこりと笑って彼女に倣う。

「誰にでも優しくなんてできないよ」

ゆっくりと発進する車は、振動《しんどう》をあまり感じさせない。なめらかに感じるのは車の性能なのか、俊輔の運転がうまいのか。

「でも、今だって道を譲《ゆず》ってあげていました」

「歩行者優先は普通のことじゃないか」

軽やかな笑い声をあげる彼には、普通のことを普通にこなすことがどれほど難しいかわからない。

「水族館には、子どものころに家族で出かけたりした？」

「はい、姉と」

「お義姉さんと？　何歳ぐらいの話かな」

「小学校六年のときです」

「そうか。十二歳の優笑もきっとかわいかっただろうね」

「えっ……、あ、あの、普通です……」

美人の姉と比べて、平凡だった自分。

きっと、そのころの優笑を見たら俊輔はがっかりするだろう。

「かわいいに決まってるよ。俺の妻は世界一かわいい」

「俊輔さん、そういう冗談は……！」

彼がふざけているのだとわかっていても、頬が赤らむのを感じてしまう。こんなふうに優笑をかわいいと言ってくれた人は今までひとりもいなかった。

「ああ、残念だな」

進行方向をまっすぐに見つめて、俊輔が困ったような笑みを浮かべる。

「残念、ですか？」

「うん。子どものころのきみを知らないことも、今照れている顔をじっくり見られないことも残念で仕方ない」

「っっ……！」

優笑は、赤くなった頬を隠すためにも窓の外を眺《なが》めることにした。


平日だというのに、八景島にある水族館は思ったより人が多い。

遠足らしき小学生の集団に、ベビーカーを押したお母さんたち、大学生らしきカップルもあちこちで見かける。

「ちょうどショーの時間が近い。先に席をとって、始まるのを待とうか」

「はい」

過去に優笑が行ったことのあるどの水族館より、ショーの会場は広かった。映像を映し出すスクリーンがステージの背景いっぱいに広がっている。パンフレットによれば、映像を使ったショーは夜だけらしいのが残念だが、この広いプールでイルカやシャチが元気いっぱいな姿を見られると思うと今から楽しみになる。

「飲み物を買ってくるけど、何がいい？」

「あ、わたしが行きます」

「いいよ、優笑は座ってパンフレットを見ていて」

「じゃあ……ミネラルウォーターか麦茶をお願いします」

「了解」

いつものスーツとは違い、カジュアルなカーディガン姿の俊輔が階段状になった客席を軽やかに駆けていく。その後ろ姿を見送っていると、数列離れた席の女性ふたりが話している声が聞こえてきた。

「ねえ、今走っていった人、すごいイケメンじゃなかった？」

「えっ、見逃した！」

「あとで戻ってくるとき、絶対見て。やばいから」

――俊輔さんは、どこにいても人の目を惹《ひ》きつける。見た目だけじゃなく、性格もよくて仕事熱心で、人間として尊敬できる人だもの。離婚したら、きっとすぐに新しい恋人ができるんだろうな……

優笑は、自分の感情を出すことが苦手だった。

学生時代も、友人からは「優笑って怒ったことないよね？」と言われたことがある。何かに対して怒るというのは、自分に価値があると思える人間のすることだ。嫌な事態に陥《おちい》ったとき、なぜ自分がこんな目に遭《あ》うのかと思うのは、本来自分はもっと幸福で健《すこ》やかであるはずだと考えられるからこそ導かれる疑問だ。

「あっ、戻ってきた」

先ほどの女性たちの声に、優笑は体をこわばらせる。彼女たちがわざわざチェックするほどの男性が、自分のように凡庸《ぼんよう》な妻といるのを見たらがっかりするかもしれない。なるべく、うしろを見ないようにしよう。

「優笑、待たせてごめん。はい、麦茶あったよ」

隣に座った俊輔が、ペットボトルのキャップを緩めてから差し出してくれる。

「ありがとうございます」

うつむきがちに受け取ると、背後から「彼女持ちぃ！」「当然でしょ」という会話が聞こえてきた。

「水族館が好きなのは、どうして？」

「夏は涼しくて、ここは人が多いけれど小さい水族館はけっこうシンとしていて、海の底にいるみたいで気持ちがいいんです」

「海の、底？」

こちらを覗き込む俊輔に、優笑は少し目をそらす。

「優笑が人魚姫じゃなくてよかったよ」

「え？」

「もしそうだったら、俺は海の底まで迎えに行く羽目になりそうだった」

冗談めかした彼の言葉に、胸が痛い。

終わりだと思うと、なおさら寂しく感じる。

この二年間、たしかにふたりはほんとうの夫婦ではなかったかもしれないけれど、彼といる優しい時間が好きだった。

俊輔は自宅にいるとき、リビングのソファに座っていることが多い。彼は歴史小説が好きで、ソファに深く埋《う》もれるように座って読書している姿が愛《いと》しかった。いつもはしわひとつないスーツ姿の俊輔のリラックスした表情。真剣に小説を読む横顔を、こっそり見るのが好きだった。

十分としないうちに、客席はほぼ満席になる。平日だというのに、こんなに観客がいるとは驚きだ。

ポップな音楽が流れ、イルカの声がステージ裏から聞こえてくると、客席のあちこちから歓声《かんせい》があがった。

悲しいとき、かわいいものを見ると泣きたくなる。たとえば、テレビで見る動物園のレッサーパンダ、道端のアスファルトの割れ目から必死に葉を伸ばすたんぽぽ、ベビーカーの中で小さな手をきゅっと握って眠っている乳児。愛しい、あいらしいと思うほどに、あまりにかわいすぎて胸が痛くなるのだが、その感情の回路がどうつながっているのかはわからない。

元気に跳び、泳ぎ、餌を嬉しそうに食べるイルカたちは、今日の優笑には魅力的すぎた。かわいすぎて、泣きそうになる。涙目になりそうなのをぐっとこらえて、優笑はショーに集中した。


その日一日、ふたりは離婚のことを話題にせず、まるで恋人同士のようにデートをした。

思い起こせば、婚約していたころもあまりデートらしいデートをしたことがなかったので、これが初めてのデートかもしれない。

俊輔にそう言うと、彼は少し眉尻《まゆじり》を下げた。

「結婚前、デートに誘いたかったんだけどね。優笑は携帯電話を持っていなかった」

「あまり必要を感じなかったので……」

「家に電話して優笑を誘うには、まず優美さんの許可が必要だったんだよ。知っていた?」

初めて聞く話に、優笑はふるふると首を横に振る。

そういえば――高校生のころは、俊輔とふたりきりで会うのは禁じられていた。結婚前の男女なのだからわきまえなければいけない。両親と姉からはそう言われた。それが現代社会においていかに古めかしい考え方なのかはわかっていたが、幼いころから「よそはよそ、うちはうち。嫌ならよそのおうちの子になりなさい」と言われて育った優笑は、家のルールを自ら破ろうとはしない。

「わたしが学生だったから、姉は心配してくれたんだと思います」

「さあ、それはどうかな」

「え……」

「俺が優笑を気に入っていて、早くお嫁さんにもらいたがっていたから牽制《けんせい》していたのかもしれないよ？」

本気なのか冗談なのかわからない彼の言葉に、優笑は立ち止まって息を呑《の》んだ。

もし、ほんとうにそう思っていてくれたのなら嬉しい。だけど、そう思ってくれていたのに今は離婚したいと考えているということは、自分が彼をがっかりさせてしまったのだ。

「優笑？」

「ごめんなさい。わたしのせいで、俊輔さんの時間を無駄にしてしまって……」

「うん？　ちょっと話が見えないな。――どこか、ゆっくり話せる場所に行こうか」

水族館をあとにし、ふたりは駐車場まで歩いていく。夫婦として同伴するパーティーと違い、プライベートでは優笑が彼の隣を並んで歩くことはあまりなかった。今日も、一歩半の距離をあけて斜め後ろをついていく。

車に乗ると、俊輔はエンジンをかけずにハンドルに両腕をあずけてそこに顎を乗せた。

「俺の時間は、無駄なんかじゃなかったよ」

ぽつりとそう言われて、今日ずっと感じていたせつなさが喉元《のどもと》までこみ上げてくる。

一緒にいられるのは最後だから、きっとデートに誘ってくれた。もう二度と、こうしてふたりで出かけることはない。せっかく俊輔が水族館に連れてきてくれたのだから、もっと楽しまなくてはいけないのに——

「優笑と出会って、婚約をして、きみが大学を卒業するのを待って結婚して、それから二年間。俺にとって、一秒だって無駄な時間はなかった」

「………」

何か言わなくてはと思うのに、うまく言葉にならない。感情そのものがまとめられそうになかった。

——わたしが余計なことを言えば、俊輔さんは不愉快になるかもしれない。だから……

そう思ったものの、じっとこちらを見つめている彼が優笑の言葉を待っている気配を感じる。今、何か言わなかったら、もう二度と彼に伝えることはできないのかもしれない。離婚を前提にしたデートの終わりなのだ。

優笑は、自分の中の感情を両手でそっとすくい取る。手のひらからこぼれていく、いくつもの気持ち。水の中の砂金の一粒のように、たったひとつ残った想《おも》い。

「あの、わたしは……」

「うん」

急《せ》かすわけではなく、彼は待っていてくれる。空気だけでそれが伝わってきていた。

「わたしは、この二年間幸せでした。かたちだけの夫婦でも、俊輔さんが夫で嬉しかったです。わたしは、俊輔さんのことが好きだったので」

恥ずかしさをまぎらわせようと微笑んだつもりが、うまく表情筋《きん》が動かない。声が詰まって、まるで泣いているみたいになってしまった。

「……初めて、聞いた」

「え……？」

「俺を好きだったなんて、初めて聞いたよ。それこそ、ずっときみから聞きたかった言葉だ」

甘く蕩《とろ》けるような声に驚いて彼を見つめる。

俊輔は、幸せそうに目を細めていた。

「やっと言ってくれたね、優笑」

「あ、あの、俊輔さ……」

俊輔の真意がわからず、動揺する優笑の顎に彼の手が触れる。そして次の瞬間、目の前が暗く翳《かげ》った。俊輔が運転席から体をひねって、優笑に覆いかぶさってきたのだ。

「な、何を……んっ……！」

まつげがかすめるほどの距離に、美しい二重《ふたえ》まぶたがある。その下の、黒い瞳。心を吸い寄せられるような彼の目に当惑していると、一瞬でふたりの距離がゼロになった。

唇と唇が、重なり合っている。

――どうして、こんなこと……

彼は、優笑をシートに押しつけるように唇を重ねてくる。けれど、その腕はひどく優しい。逃げようと思えば逃げられるほどの儚い束縛《そくばく》。優笑はかすかに震えながら喉を反らした。彼のくちづけを、より受け入れるために。

チャペルでの結婚式でも、唇へのキスはしなかった。

彼はひたいに軽く唇を当てて、優笑を優しく抱きしめてくれたのを覚えている。

息苦しさに口を開くと、待っていたとばかりに俊輔が舌で歯列《しれつ》を割る。初めて自分の口の中に、自分以外のあたたかな存在を感じて、優笑はびくんと肩を震わせた。

――どうしよう、舌で、そんな……

彼の舌は口蓋《こうがい》をなぞり、ねっとりと口腔《こうこう》を舐《ねぶ》ってくる。引っ込めた優笑の舌をつついては誘い、ゆっくりと甘くほぐしながら、次第に互いの舌が音を立てて絡み合った。

「俊輔さん……っ……、こんな……」

「恥ずかしい？　でも、俺はずっときみにこうしてキスしたかった。ほら、もっと俺の舌に合わせてごらん。もっと優笑と絡み合いたいんだ」

繰り返される甘いキスに、頭の芯《しん》がぼやけていく気がした。自分という存在がひどく曖昧《あいまい》になる。それでいて、与えられる刺激はいっそう強く感じてしまう。

酸素を求めて口を開けるたびに、キスが深まっていく。気づけば、優笑は俊輔のカーディガンに爪を立てていた。

「……も……だめ……」

浅い呼吸でそう告げると、彼が細い息を吐く。

「たしかにここじゃ駄目だ。場所を変えよう」

キスに乱れているのが自分だけだと気づき、優笑はそれまでの行為よりも今の自分が恥ずかしくなった。

俊輔はシートベルトを着用すると、いつもと変わらぬ素振りで車を走らせる。

――どうして、キスするんですか？　どうして、何もなかったように運転できるんですか？　どうして、どうして……？

スカートの上でぎゅっと両手を握りしめ、優笑は息を殺した。そのまま自分という存在が希薄になって、彼の目の前から消えてしまえばいいのに、と思った。

都内に戻ってから、自宅マンションとは違う方向へ向かう車に、優笑はかすかな戸《と》惑《まど》いを覚えていた。

「俊輔さん、どこかに行くんですか？」

小さな声で尋ねると、彼がミラー越しにこちらを見る。

「行き先は秘密だよ」

「……はい」

帰りの道中、優笑はずっと彼のキスが気になっていた。

――ずっとキスしたかったって、どういう意味なんだろう。

窓の外は、とっぷりと日暮れた夜色の街に高層ビルが立ち並ぶ。歩道を歩く人々は、皆どこかへ帰ろうとしていた。家族の待つ家へ、恋人の待つ店へ、あるいは自分のためだけのひとり暮らしの部屋へ。

ふと窓の外が、木々に覆われたのに気づく。都心で、こんな場所を優笑は一箇所しか知らない。

「櫻楼閣？」

「そう。さっき予約を入れておいた」

緊張で肩に力の入った優笑に、車を停《と》めた俊輔が笑いかけてくる。

「そんなに緊張しなくても、ひどいことをするわけじゃないよ。怖がらないでいい」

「っ……はい」

彼にとって、離婚はごく自然な成り行きなのだろう。それを怖がる優笑のほうがおかしいのかもしれない。

食事の席につくのかと思っていたが、案内されたのは客室だった。もちろん、櫻楼閣では客室で食事をすることもできる。

しかし、部屋に入ると俊輔はすぐに優笑を抱き寄せた。

普段と違う彼の行動に、一瞬で頭の中が真っ白になる。覚悟を決めていたが、その覚悟は離婚話に関してだ。

「かたちだけの夫婦だと優笑が思ったのは、俺がきみを抱かなかったから？」

耳元で、低い声が聞こえる。

「……っ、それは、俊輔さんの優しさだと思ってます」

「優しさ？　優笑はすぐそう言うね。俺をどんな聖人君子《せいじんくんし》だと思ってくれてるか知らないが、きみの結婚相手はただの男だよ。今夜はそれを教えてあげる」

レーススリーブのワンピースが、すとんと足元へ落ちた。抱きしめたときに、俊輔が背中のファスナーを下ろしていたのだろう。

「っっ……」

優笑は慌てて両腕で胸元を隠す。キャミソールは着ているものの、これはほぼ下着姿だ。

「俊輔さん、冗談はやめてください……っ」

これまで二年間、彼は一度も優笑にそういう意味で触れてこなかった。つまりは、妻として。女として、触れられたことがないのだ。

——でも、わたしは……？

俊輔が優笑を女性として見ていなくても、優笑は俊輔に恋してきた。

彼にこんなふうに触れられることを、夢見ていた。

「かわいいキャミソールだ。下着もおそろいのデザインなんだね」

「み、見ないで……」

頬を真っ赤に染めて、優笑は自分を抱きしめたまま横を向く。あらわになった肩が心もとない。

「見られるのが恥ずかしい？」

問いかけられて、即座にうなずく。

「だったら、見ないようにする。優笑を困らせたいわけじゃない」

彼は優笑を軽々と抱き上げ、ベッドへ運んだ。

「俊輔さ……な、何を……」

「下着姿を見られるのは嫌なんだよね？」

先ほどとほぼ同じ質問に、優笑も再度うなずいた。こんな格好を誰かに見られるなんて考えたこともない——と思いかけて、それは嘘《うそ》だと気づく。

結婚当初、新婚旅行先で、帰国したあとのマンションで、優笑は毎晩彼に触れられるかもしれないと思い、肌の手入れにいそしんだ。下着もあまりシンプルすぎるのはよくないのではないかと、レースやフリルのついたデザインのものを選び、彼の訪れを待っていた。それはつまり、彼に抱かれるのを期待していたのだ。

しかし、結婚から一カ月が過ぎてもそういう素振りがない彼が、自分を女として求めていないのだと気づいてからは、かたちだけの夫婦生活をすんなり受け入れた。毎晩、今夜こそもしかしたらと期待して、朝になって寂しさを噛みしめるのがつらかった。それくらいなら、ないものはないと思ったほうが気がラクになった。

「それなら、下着を脱《ぬ》げばいいだけだ」

「あ、あ……っ！」

キャミソールがぐいとめくりあげられる。白くすべらかな腹部が空気に触れ、優笑は反射的に両腕を伸ばして俊輔を押《お》し留《とど》めようとした。それがいけなかった。彼は優笑の体を軽く持ち上げ、キャミソールを頭から脱がせてしまう。伸ばした両腕からキャミソールが引き抜かれ、そのままベッドの下へ投げ出されるのを見て、優笑はどうしたらいいのかわからなくなった。

「恥ずかしい……っ」

「やめてほしいなら、そう言ってごらん」

ブラジャーの上から、俊輔が唇を押し当てる。先端をすぐに探り当てられて、こらえようのない疼《うず》きが体の奥に広がった。

「や……」

やめて、と言わなくては。頭ではそうわかっている。

「やめ、ないで……」

けれど、優笑の唇は理性を振り切って本音を紡《つむ》いでいた。

「優笑……?」

「やめないで、わたしを今夜だけ、俊輔さんのほんとうの奥さんにして……ください……」

彼が息を呑むのが伝わってくる。

一度だけでもかまわない。今だけでいい。

——俊輔さんに、愛されたい。

「そんなかわいいことを言って、どうされても知らないよ」

「え……?」

優笑だって、男女の行為に関して知識はある。しかし、自分の体にその刺激を受けるのは初めてだ。

れろ、と舌がうごめく。白い下着の上で躍《おど》る赤い舌は、ひどく淫猥《いんわい》だった。

「細い体だ。腰も、腕も、首も」

あたたかな手が、肌の上を這《は》う。ただ触れられているだけなのに、彼の体温を覚えた体は甘く潤《うるお》っていく。太ももをきゅっと閉じて、優笑は俊輔に懇願《こんがん》した。

「や、優しくしないで……」

「どうして？」

率直な疑問に、優笑は言葉が見つからなくなる。

俊輔は、じっとこちらを見つめていた。

形良く弧を描《えが》く眉と、幅広の二重まぶた。閉じた口は少しへの字になるのに、目尻が優しいせいでいつも微笑んでいるように見える。出会ったころより精悍《せいかん》さを増した輪郭《りんかく》も、黒髪から覗《のぞ》く耳も、すべてが神の奇跡のように美しい。

「……だって、面倒をかけたくない、から……」

消え入るような声で、優笑が答える。

「妻を抱く準備を面倒だと思うほど、俺は冷たい男だと思われているのかな」

「そういうことじゃ……」

「優笑」

ブラジャーのホックがはずされ、一瞬のうちに体から引き剥《は》がされる。

「っっ……、俊輔さ……」

「俺は、きみにずっとキスしたかったと言ったよね。それはつまり、キスだけじゃなくてきみのすべてを求めていたということなんだけど、わかっている？」

こんな現実があるのだろうか。

まるで夢を見ているような気持ちで、優笑はか弱く首を横に振る。

「だって、俊輔さんはわたしと離婚を……」

「きみに、離婚したくないって言ってほしかったんだよ」

――どういうこと？

「ああ、驚いた顔もかわいいな。だけど今はこっちに集中して」

あらわになった白い胸をそっと包み込み、彼が耳朶《じだ》に触れるほど顔を寄せてきた。

「っっ……」

どくん、と心臓が高鳴る。彼の指はうまく中心の感じやすい部分を避けていて、それをもどかしいと感じる自分がいることを知った。

「恥ずかしくないよ。見ているのは俺だけ。それに――」

「――まだ、俺はきみの夫だろう？」

軽く耳殻《じかく》に歯を立てられて、優笑はびくっと腰を跳ね上げる。

「優笑？　違うの？　ちゃんと教えて」

「お、夫、です……っ」

「だったら、俺がきみに触れるのはいけないことかな」

やんわりと彼の指が動き始めた。やわらかな乳房に指腹を押し込み、その感触を確認するように左右の膨《ふく》らみを弄《もてあそ》ぶ。

裾野《すその》から持ち上げて、「いけないことじゃないよね」と彼が言う。それは、問いかけているのではなく同意を求める言葉だった。

「わ……わかりません……」

脇から乳房を寄せ、下部を親指で支えるようにして、俊輔は谷間に鼻先を埋める。

「わからないんです。だから、こんな……」

「わからないなら、俺に任せていいよ。優笑はずっとそうしてきたでしょう?」

自分で決断することなく、優笑は生きてきた。

家族の判断にゆだねて結婚し、俊輔の判断におもねって離婚を受け入れる。そのことを責められている気持ちになったが、彼の声は優しい。

「……それとも、ほんとうに嫌ならちゃんと拒んで。きみが嫌だと言うなら、俺は無理強いしたいわけじゃない」

「俊輔さん……?」

「今は俺に任せてもいい。だけど、拒んだからって俺がきみを嫌いになるわけでもないんだ。ねえ、優笑、心だけじゃなく体も素直になっていいんだよ」

それまで焦《じ》らすように先端を避けていた彼の指が、ぴんっと乳首を弾《はじ》いた。

「っっ……ぁ、やぁ……んっ！」

「嫌？　ここを強く弾かれるとつらい？」

だったら、と彼が色づいた部分を指でつまむ。根元から括《くく》りだされる先端が、はしたなく屹立《きつりつ》していた。

「違……っ、ん、んっ……」

「違うの？」

「気持ち、よくなっちゃう……から……」

自分が何を口走ったのか、優笑は気づいていなかった。

「そう、気持ちよくなっちゃうんだね。指で根元をつまんだまま、先を舐《な》めてあげようか」

「そ……んな、の……」

「もっと気持ちよくなれるかもしれないよ」

すぼめた唇が、左胸に吸い付く。やわらかな唇の感触が胸にあたたかい。わずかに濡《ぬ》れた粘膜《ねんまく》が、優笑の小さく屹立した部分をきゅうと締めつけた。

「っっ……ぁ、ア、何、これ……っ」

「かわいいところを吸ってあげる。もっと敏感になっていい。優笑は、なんだってほしがっていいんだ」

ちゅ、ちゅうっと音を立てて吸われると、腰の奥で渦《うず》を巻く甘い予感が強く香る。体の内側から何かが溶け出し、閉じ合わせた柔肉をしっとりと濡らしていった。

「駄目、駄目ですっ……」

「どうして？」

今夜の俊輔は、いつもと違っていた。もちろんこんな行為はふたりの生活になかったことだ。だが、それとは別に、優笑から何かを引き出そうとしている。いつも、会話はぽつりと途切れるのが当たり前だったのに、理由を問うてくるのだ。

「だ、だって、そんなに吸ったら……」

「吸ったら？」

「もっと、気持ちよくなっちゃう………」

「いいよ。かわいい声を聞かせて」

いつだって紳士的で、理性的な俊輔。その彼が、貪《むさぼ》るように乳首を吸い立てる。吸ったところで何が出るでもあるまいに、まるで優笑の心を吸い出そうとするような舌の動きがたまらない。

「ああ、ァ、んっ……、気持ち、い……っ」

「こっちも、ちゃんといじってあげようね」

右胸を爪弾き、先端を指腹であやす。彼の手に触れられると、体のどこもかしこも敏感になってしまうというのに、もとより感じやすい部分を重点的になぞられてはますますおかしくなる。

「ぁ、あ、ああ、っ……」

「優笑、怖い？」

「違……っ、気持ち、よくて……」

「うん」

舌先が乳首を根元からねっとりと舐め上げた。そのとろけるような快楽に、優笑は髪を揺らしてあえぐ。

「気持ちよくて、おかしくなりそう……」

「ちゃんと言えたね。いい子だ」

体を起こした俊輔が、ベッドに膝《ひざ》立ちになり、優笑の頭を優しく撫でた。

――どうして、俊輔さんはわたしに優しくしてくれるの？

彼の真意をはかりかね、優笑は俊輔を追いかけるように上半身を起こす。そこで初めて、自分ばかりが脱がされて彼はカーディガンすら着たままだと気づいた。

「……俊輔さん、も」

おずおずと手を伸ばしてカーディガンの裾をつかむ。

彼の体に触れてみたいと思うだなんて、はしたないだろうか。だが、彼に触れられて初めて体の悦《よろこ》びを知ったからこそ、俊輔の肌にくちづけてみたくなる。

「じゃあ、優笑が脱がせて」

「はい」

ベッドに正座し、乳房が揺れるのを恥じらいながらも、優笑は俊輔のカーディガンとシャツを脱がせた。考えてみたら、誰かの服を脱がせるのは初めてのことだ。

「………初めて、です」

彼の体は、想像していたよりもずっと引き締まっている。細身の俊輔だが、服を脱ぐとその胸板はしっかりと厚みがあり、肩や二の腕には筋肉が隆起《りゅうき》していた。

「俺だってそうだよ。初めて優笑の体を見た」

言葉足らずな優笑の気持ちを、彼はちゃんと読み取ってくれる。

俊輔は今日、優笑に繰り返し「どうして」と問うたけれど、それは優笑も同じ気持ちだった。

どうして、そんなに嬉しそうに笑いかけてくれるのか。

どうして、優笑を大切に扱ってくれるのか。

どうして、優笑の気持ちをわかってくれるのか――

「優笑、こっち」

彼がデニム姿で手招きする。優笑は素直にそれに応じて、ベッドの上を四つん這《ば》いで移動した。

「そのまま膝で立って、そう。優笑からキスしてくれるかな」

「……じょうずにできないかも」

「いいよ。俺の肩に手をかけて。うん、そのまま、来て」

オレンジ色のやわらかな間接照明の中、優笑は自分から俊輔の唇にキスを落とす。最初は触れるだけ。それからゆっくりと、もう一度重ね合わせて。

「かわいいキスだ。嬉しいよ」

「あ、あの……」

膝立ちになった鼠径部《そけい》を、俊輔の手がそっと撫でていく。左手で腰を背中側から支え、右手で腹部をたどる指先。くすぐったいような、もどかしいような、言葉にできない期待が体の中で昂《たか》ぶっていく。

「もっとキスしよう。何も考えなくていい。ただ、俺にゆだねてほしいんだ」

胸の内側にある、いくつもの「どうして」にふたをして、優笑は彼の言うがままに振る舞った。考えるよりも、今は俊輔の望むことをしたい。あるいは、この行為すら別れの前準備なのかもしれないけれど、そうだとしてもかまわなかった。

「ん、んっ……」

「ほら、キスをやめないで」

足の間を指がなぞる。縦《たて》にすうっと指がかすめて、優笑は思わず腰を引いた。けれど、うしろから腰を支える彼の左手が逃げを許してくれない。

――そんなところ、さわっちゃ駄目なのに……

下着は、すでに糸を引くほど濡れていた。それを意識すると、ますます甘い蜜《みつ》があふれだす。

俊輔の指は、下着の上から亀裂を往復し、ぽちりと膨らんだ花芽をとらえた。

「ひ、ぁ……っ、そこ、やぁ……」

「ここだね」

淫芽は優笑の羞恥心に反して、ぷっくりと充血してきている。それを布越しにすりすりと撫でて、俊輔がせつなげな息を吐いた。

「こんなに濡らしてくれて、夫冥利に尽きる」

「……っ、や、やだ」

「濡れているほうが、優笑も気持ちよくなれるんだよ。ほら、ここ」

とんとん、と素早く二回、彼の指が芽をノックする。膨らんで敏感になった部分は、触れられていっそう感じやすくなっていく。

「直接、さわるよ」

下着の脇から、彼の指がすべりこんでくるのがわかったけれど、優笑は足を閉じることができなかった。俊輔の与えてくれる快楽は、蜜のように甘く、思考を麻痺《まひ》させる毒を持ち合わせているのだ。

「あ、あ、あっ……‼」

媚蜜を指でまぶされて、優笑はがくがくと腰を前後に揺らす。淫芽は蜜でつつまれて、彼の指が表面をすべるたびに痛いほどの悦びを訴《うった》えていた。

「剥《む》いたらつらいかな。ちょっとだけ」

彼が何を言っているのかわからず、ただ必死に肩にしがみつく。

そうしていると、花芽をなぞっていた指がくいっと何かを押し上げるような動きをした。

「！　……っ、ァ、あぁ……っ」

包皮を剥かれ、むき出しになった快楽の粒は、それまでとは比べ物にならないほど強い刺激にさらされる。

「や、怖い……っ」

「痛い？」

痛みと勘違《かんちが》いするほどの悦びは、一瞬で優笑の体を高みへと連れ去りそうになっていた。

「痛くないなら、このまま」

指が動くたびに、蜜が粘着質な音を立てる。それから数秒と立たず、優笑は初めての果てへと追い立てられた。

「――……っ、ァ、あ、あああ、ぁ、っ……」

自分の体を支えられない。上半身を倒して俊輔にすがりつき、腰だけをはしたなく自分から振る。

「優笑、ごめん。イッたばかりなのはわかるんだけど、俺も少しだけ気持ちよくしてくれるかな?」

「ご……めんなさ、わたし、だけ……」

浅い呼吸で必死に返事をすると、俊輔は「俺がそうしたかったんだよ」と優しい声音でささやいた。

彼の言うがまま、太ももを跨《また》ぐ。ほとんど、俊輔のあぐらの中に座ってしまったような格好だ。

デニムの前をくつろげて、下着を押し上げる劣情《れつじょう》が先端だけ姿を見せていた。

——あれを、受け入れるの……?

頭ではわかっていても、体がこわばる。臍《へそ》につくほど反り返った俊輔のそれは、美しい彼の顔にそぐわないほど凶暴だ。

俊輔は両手で優笑の臀部《でんぶ》をつかみ、互いの腰を密着させる。

「今は、まだきみを抱けない」

「え……?」

「だけど、一緒に気持ちよくなりたいんだ。優笑のかわいい声を聞きながら、俺も感じたい」

優笑の下着越しに、彼の熱がぴたりと亀裂に割り込んできた。柔肉を押し広げた劣情が、花芽めがけて縦に動かされる。いや、優笑の腰のほうが動かされているのかもしれない。

「ん、んんっ……」

縦に往復する雄槍は、蜜口から淫芽までを何度も何度もこすり立てた。

「あたたかくて、やわらかいな」

先ほどよりもかすれた俊輔の声は、どことなく熱に浮かされたような響きがある。

「き、気持ち、いいですか……？」

「とてもね」

彼の返答に、優笑は自分から腰を押しつけた。ぐっしょりと濡れた下着越しに彼のものを縦に扱《しご》く。

「は……ぁ、あっ、わたし、も……」

「優笑、キスしようか。キスしながら、一緒にイこう？」

俊輔が舌を出し、優笑はそれに吸い付くように唇を重ねた。自分から彼の舌を吸って、みだりがましく腰を振る。男女の行為として優笑が持っていた知識より、今の自分はずっと浅ましく、はしたなく、いやらしい。だが、そんなことを考える余裕はなかった。ただ、目の前のこの男を愛しいと思う。彼に気持ちよくなってほしい、そして彼と一緒に悦びを感じたい――

「ああ、優笑、優笑……っ」

臀部をつかむ俊輔の手に力が入った。

彼が突き上げるように腰を揺らし、優笑は二度目の果てに奥歯を噛みしめる。

それと同時に、腹部に熱い迸《ほとばし》りを感じた。

「あ、っぁ、熱、い……」

びゅくびゅくと、俊輔の先端から白濁が放たれる。それはふたりの腹部を濡らし、とろりと肌の上をたれていく。

この上ない快楽と、彼を最後まで受け入れたわけではないという自覚。

――離婚するからには、今、わたしを抱くわけにはいかないということなんだ。

それが彼の最後の優しさに思えて、優笑は胸の痛みに目を閉じた。

† † †

深夜、深山俊輔はロッキングチェアに座り、ため息をつく。

出会いから七年、結婚してから二年。すべては、彼女を自由にするためだった。そのためなら、なんでもできると思っていた。だからこそ、どれほど触れたくても触れずに、どれほど抱きしめたくても抱きしめずに、己の欲望よりも彼女の未来を優先してきたのだ。

「――寸止め。しかも早漏かよ」

思わず声が出る。まだ彼女はベッドで眠っている。起こしてはいけない。

なんとも情けない限りだった。挿入はかろうじて自分を押《お》し止《とど》めることができたが、下着越しの彼女のぬくもりとぬめりに、俊輔は秒で達してしまったのである。

何度目になるかわからないため息をついて、俊輔はすこやかな寝息を立てる優笑をじっと見つめた。


彼女と初めて出会ったのはお見合いの席――ということになっている。実際は、互いにそれなりの家柄に生まれたため、もっと前にパーティーで見初めた――ということになっているが、これも真実ではない。とはいえ、彼女の顔と名前を知っていたのは事実だ。

華やかで目立ちたがりの姉の後ろに、いつも恥ずかしそうに立っている少女だった。強引な商売をする田津原興産の社長令嬢とはとても思えない。それが不思議で、高校生だった俊輔は優笑を気にかけるようになった。気にして彼女の姿を様々な会場で探しているうちに、優笑は恥ずかしそうにしているというより、ひどく怯《おび》えているように見えてきた。いったい何に怯えるというのだろう。

高校三年にもなると、受験のために予備校に通い、父や家絡みのパーティーに顔を出すことも減った。そんなある日、俊輔は彼女をいつもとは違う場所で見かける。猛暑で予備校のエアコンが数台壊《こわ》れ、仕方なく時間潰しに立ち寄った品川の駅近くにある水族館だった。

ほっそりとした後ろ姿は、華奢《きゃしゃ》な肩と細い足首がひどく儚げに見える。白いワンピースを着た彼女は、薄青い照明の館内で発光しているように見えた。パーティー会場で見たときより、さらに存在感が希薄に感じられる。それなのに、目を離せない。

彼女は、マンボウの水槽のそばで立ち止まった。平日の水族館にはほとんど客もいないというのに、水槽の正面ではなく隅《すみ》のほうからひっそりと見つめている。誰かがいてもいなくても、とても謙虚な子だ。たいていの人間は、誰かが見ているときと、自分ひとりのときで態度は違う。

――彼女は、そうじゃないのかもしれないな。

政治家一家に生まれ、小学校二年生にして『本音《ほんね》と建前《たてまえ》』という言葉の意味を理解していた俊輔の周りには、笑顔の仮面をつけた大人が多かった。幸いにして、両親や兄はたいそう人の良いほうだったが、家に出入りする者すべてがそうだというわけではない。

受験勉強に疲れていたのか、俊輔は彼女が水槽を見つめる姿を小一時間ぼんやりと眺めていた。そうしていると、心のすり減った部分が少しずつ盛り上がっていく気がする。そんなことは気のせいでしかない。頭ではわかっているのに、これが『癒《い》やされる』ということか、と思う自分もいて。

つい、彼は話しかけてしまった。

ただ見ているだけでは物足りなくなったのだ。

「マンボウ、ずっと見ているね」

「……寂しそうに見えたから」

そう言った彼女は、マンボウよりずっと寂しそうだった。裕福な家庭に育っているはずが、なぜこんなにも孤独をまとっているのか。俊輔は、自分より四歳も年下の少女が放つか細い光に、そのときすでに囚《とら》われていた。

「よく見て。あそこに、小さい魚がいるだろ？」

すい、と指し示した人差し指の先を彼女の視線が追いかける。

「あれね、食べるわけじゃないいんだよ」

「えっ⁉」

それまでとは違う、驚きの声。ああ、この子はこんなに大きな声も出せる、と俊輔は嬉しくなった。つい饒舌《じょうぜつ》になるのはそのせいだ。

「マンボウは、歯が上下一枚ずつしかないんだ。だから、海の中だとやわらかいクラゲとかイカとかを食べるんだって。でも、水族館では飼育員が水槽に入って、すり身の団子を手渡しで食べさせるんだ」

「じゃあ、あの魚は？」

「寂しくないように、一緒に泳いでいるんじゃないかな」

ほんとうのところは知らないけど、と俊輔は小さく言い添えた。

大学に入学して、最初の父の誕生日。

毎年、父の誕生日には櫻楼閣でパーティーを開く。もちろん、息子である俊輔も出席した。

水族館以来、久々に彼女の姿を見た。彼女は姉の影のように、ひっそりとそこに佇《たたず》んでいる。多くの参加者は父の支援者であり、年配の男性が多い。その中で、どこぞの金持ちの息子らしき青年たちが優美と優笑の姉妹を見ては、ひそひそと何か話していた。

「なあ、あれって田津原興産の令嬢だろ」

「姉のほうは美人で有名だけど、気が強そうだよな」

「オレ、妹のほうが好みかも。ああいうおとなしそうで、気弱そうな女子っていいよなあ」

「わかる、俺も」

女性を商品のように評価する発言に、俊輔は不快感を覚える。金と権力のある者ほど、美しい花を愛《め》でたがるのは世の常だ。だからといって、花の美しさはその姿かたちにのみあるものではない。

——実際、自分に権力があるわけでもない二世どもが。

そう思ってから、自分も彼ら同様、何者でもないただの大学生だということを噛みしめる。

——だったら、親の権力を利用してでも彼女を俺のものにしたい。俺だけのものに……

後日、俊輔は田津原優笑との縁談を父に申し出た。

ひとりぼっちでマンボウを見ていた彼女の背を、優しく抱きしめられる男になりたいと心から思った。

†　†　†

目を覚ますと、広いベッドに俊輔の姿はなかった。

優笑は慌てて起き上がり、自分が下着姿だと気づく。

——わたし、昨晩、俊輔さんと……

思い出しただけで、かあっと頬が熱くなった。あんなふうに触れられるだなんて、思いもしなかった。

シーツを体に巻きつけて、優笑は俊輔の姿を探す。バスルームにも、ウォークインクローゼットにも彼はいない。あるいは、先に帰ってしまったのだろうか。

はっとして時計を見ると、時刻は八時をまわっている。昨日は休暇をとっていたが、今日は出勤日だ。

優笑が動揺していると、廊下から控えめなノックの音が聞こえた。

「は、はい！」

「深山さま、おはようございます。旦那さまからお着替えとご朝食の準備を申しつかりました。よろしければお運びしたく思いますが、いかがでしょうか？」

——着替えと、朝食？

「あの、しゅん……夫は、どこに？」

「一時間ほど前に、お先にお出になりました。お手紙をあずかっております」

「そうでしたか。では、十分ほど待っていただけますか？　すぐに準備をしますので」

「かしこまりました」

櫻楼閣の従業員が去ったあと、優笑は手早く昨晩着ていた服を身につける。

俊輔は、先に帰ってしまったのだ。もしかしたら、いつまでも寝ている優笑を見て呆《あき》れたのかもしれない。

——恥ずかしい、わたしったら……

髪を軽く整え、朝食と着替えを運んでもらう。さすがは櫻楼閣というべきか、あるいはサイズを完全に把握している俊輔に驚くべきか。優笑のために準備された着替えは、下着から一式すべてが彼女のためにあつらえたように、ぴったりのサイズだった。さらには基礎化粧品が一式と、有名なブランドの化粧品が一式。どれも当然新品で、お泊《とま》りのあとの間に合わせに使うものとは考えにくい。

朝食がテーブルに並ぶと、そこに俊輔からの手紙が添えられる。

ひとりになった優笑は、食事よりも先に彼の手紙を手にとった。

『優笑、おはよう。先に帰ってごめん。

昨日は急なことで、いろいろと気持ちが追いつかなかったかもしれない。

今日も休暇扱いにしておくから、一日櫻楼閣でのんびりしておいで。

仕事が終わったら、帰りに迎えにくる。

櫻楼閣の書庫を閲覧《えつらん》できるよう、頼んでおいた。

買い物に出かけるときは、フロントに言って車を呼んでもらうように』

短いながらも、彼らしい細やかな気配りを感じる文面に、優笑はいたたまれない気持ちになる。

自分は、彼に何もしてあげられていない。それなのに、いつも与えられてばかりだ。

――それはつまり、離婚されても、おかしくないということ。

彼の優しさに触れるたび、こんなに優しい人が存在するのかと感動し、彼に同じだけの優しさを返せないことを恥ずかしく思う。

――わたしには、何ができるんだろう。彼のために、できることは……

第二章　あなたがわたしを抱く理由

ときどきより頻繁《ひんぱん》に、かといって毎日よりは控《ひか》えめに、優笑は自分の愚《おろ》かしさを恨むことがある。

今日という今日は、自分に嫌気がさした。

「こんなときに櫻楼閣に宿泊だなんて、あなたってほんとうにのんきね。家族のことが心配じゃないの？」

タクシーの後部座席に座って、姉の優美が怒りもあらわにこちらを睨《にら》みつける。

「……ごめんなさい」

朝食を半分ほど食べたところで姉から電話があり、優笑は居場所を教えてしまった。いや、姉妹なのだからどこにいるかくらい教えても差し支えはない。それが普通の姉妹ならば。

姉はすぐに行くと言って電話を切り、優笑はしまったと思ったがもう後の祭りだ。

それから三十分とたたずに姉がタクシーでやってきて、優笑の荷物一式を車に積み、彼女を櫻楼閣から連れ出した。

「またそれ。謝ればすむと思っているのかもしれないけれど、優笑が謝ったって何も解決しないじゃない？　俊輔さんに、お父さんの会社を助けてくれるよう、きちんとお願いしたの？」

「……まだ、です」

「そうだ、優笑、スマホ貸して」

「え？　なんで……」

「いいから」

バッグからスマートフォンを取り出すと、ひったくるように奪《うば》われた。

「ＰＩＮコードは？」

「え、困るよ」

「だったら指出しなさい」

ぐいと手をつかまれて、背部の指紋認証センサーに人差し指が当てられる。

優笑が「返して」と何度言っても、優美はスマートフォンを手放さず、そうこうしているうちに久々の実家に到着した。

里帰り、だなんて雰囲気ではない。

優笑が玄関《げんかん》に立つと、母は「何していたのよ。お姉ちゃんにまた迷惑をかけて」と言った。

「……ごめんなさい」

居間へ通されると、父が不機嫌そうに読んでいた新聞紙を折りたたんだ。

「優笑、座りなさい」

おかえりも久しぶりもない、里帰りだった。しかも父が指差したのは、フローリングだ。この部屋にはダイニングテーブルも応接セットもあるのに、わざわざ床に座れという。

「はい」

優笑は逆らわず、ひんやり冷たいフローリングに正座をした。結婚するまでは、二十歳を過ぎてもこうして居間に正座させられることが多々あった。茶道、華道、書道を好んできた優笑にとっては、正座自体はさして苦ではない。ただし、それは畳《たたみ》の上が前提だ。

――ああ、また始まるんだ。

かつて、何度も似たような状況に陥った。両親と姉、あるいは母と姉に正座させられ、何時間も説教をされる。

彼らの言葉は、優笑を責め、詰《なじ》り、誹《そし》り、心が折れそうになったところで一転して優しくなる。最後のお決まりの言葉は「家族だけがあなたの味方なのよ」だ。

だが、今日はそれにすがりついたりしない。彼らが求めているのは、俊輔のお金だと知っている。

「お父さん、お母さん、お姉ちゃん、先に大事な話をさせてください」

優笑はフローリングに手をつき、深く頭を下げた。

「……実は、俊輔さんから離婚を提案されています」

「離婚だというなら、慰謝料《いしゃりょう》をもらわないといかんな」

父は、娘が離縁されそうだというときでも金の計算だ。

「あちらだって世間体がおありなんだから、離婚なんて簡単にはできませんよ」

母にとって、世間体は何よりも大切なもの。

優笑は、それから二時間ずっと正座のまま、彼らの言い分をじっと黙って聞いていた。

俊輔の援助をもらえないのなら、せめてすぐに用意できる金額を持ってくるように、と言われてしびれた足のまま、玄関から追い出される。

二十二年暮らしたはずの家は、ひどく冷たく見知らぬ家に思えた。結婚し、俊輔のマンションに馴染んでしまったからかもしれない。

――だけど、あそこもわたしの居場所じゃなかった。遠くない未来、わたしはマンションを出なきゃいけなくなる……。

しびれた足は少しむくみ、パンプスがきつい。

優笑は転ばないよう気をつけて、駅へと歩き出した。

寝室のクローゼットを開けて、通帳をしまったレターボックスを取り出す。そこには、亡くなった祖父母が優笑のために積み立ててくれた定期預金や、結婚祝いなどが蓄《たくわ》えられている。

父の望む金額にはほど遠いが、少しでも足しになれば、俊輔に金の無心《むしん》をしないでくれるかもしれない。

――もう離婚するのだから、せめてこれ以上俊輔さんに迷惑はかけたくない。

通帳の入ったポーチを手に、優笑はリビングへ向かった。

結婚記念日に、彼がくれたプレゼントはリビングのシェルフに置かれている。

――サイン、してしまおう。

離婚届を出すのが遅くなれば、優笑の両親や姉は俊輔に難癖をつけて慰謝料を要求するに決まっているのだ。ならば、さっさと提出してしまうほうがいい。そのほうが、彼に負担をかけずに済む。

書類の入った封筒をシェルフから出し、ペン立てから万年筆を片手にダイニングテーブルへ向かう途中、玄関の鍵が開く音がした。

「優笑っ！」

「は、はい！　おかえりなさいっ」

血相を変えた俊輔の声に、思わず優笑の声も大きくなる。

彼は廊下を駆けてきて、リビングに入るやいなや優笑をぎゅっと抱きすくめた。

――しゅ、俊輔さん……っ!?

「さっきのSNSはどういうこと？　何度連絡しても返事がないし、心配したよ」

「え、えっと……」

そういえば、スマホは姉に奪われたままだ。ロック解除したあと、何か操作をされていたのかもしれない。

――でも、お姉ちゃんが操作したなんて言ったら、きっとお姉ちゃんの立場が悪くなる。

「ごめんなさい、スマホを実家に置き忘れてしまってメッセージ見られませんでした」

「じゃあこれは？」

彼が差し出した画面には、優笑から送信された短いひと言。

『助けて俊輔さん』

――お姉ちゃん、どうしてこんな誤解を招くメッセージを送ったの⁉

姉のことだから、父の会社を助けてほしいと相談するきっかけにすればいいと思ったのかもしれない。だが、そのせいで俊輔をこんなに心配させてしまった。

「あ、あの、これは……」

「どこか怪我《けが》はしていない？　櫻楼閣にも連絡をしたけれど、きみはお義姉さんと出かけたと聞いていたから――」

そこまで知られていたのか。優笑は、嘘をつくのも真実を告げるのも悩ましい状況で、ただ封筒と万年筆を手にしている。

「……ごめんなさい。たぶん姉が冗談で……」

「これが冗談？　ひどい話だな」

ひたいに薄く汗を浮かべた俊輔が、左手で前髪をかきあげた。その左手に指輪が光っている。薬指の結婚指輪だ。

「優笑」

彼は名前を呼んでから、小さく深呼吸をする。

「ほんとうに、何か困っているんじゃないのか？」

言い当てられて、言葉に詰まった。なぜこの人は、こんなふうに気づいてしまうのだろう。

「ど、どうしてですか？」

「表情が暗いよ。昨晩のことで、気分を悪くした？」

予想と違う方向からの質問に、そんな場合ではないのにぽっと頬が赤くなるのを感じた。

「そ、そういうことではなくて……あの……」

「じゃあ、嫌じゃなかった？」

離婚を予定している夫婦の会話としては、いささか問題があるように思うが、優笑としては結婚当初待ち焦がれた俊輔のぬくもりだった。嫌だったなんて、嘘はつけない。

何も言えず、ただ小さく首肯すると、彼は優笑の顔を覗き込んでくる。

「嫌じゃなくて、気持ちよかった？」

「俊輔さんっ、冗談は……」

「きみのお義姉さんの冗談よりは、かわいいものだろ？」

そう言って、彼が笑う。ひたいとひたいをくっつけて、子どもの熱をはかるような距離に、心臓が大きな音を立てた。

たとえ冗談だとしても。

――そばにいてくれる。今、まだわたしはこの人の妻なんだ。

「それにしても、優笑が無事でよかった。何があったのかと気が気じゃなかったからね」

言いながら、一歩下がった彼が目線を下に向ける。そのとき、一瞬で俊輔のまわりの空気が温度を変えた。

「ああ、そうか。そういうつもり？」

「え？」

彼の目が見つめているのは、離婚届の入った封筒と万年筆。

優笑が記入しようとしていたことに、彼は気づいてしまった。

だが、この離婚届はそもそも俊輔がもらってきたものである。その上、結婚記念日のプレゼントだなんて言ったのも彼のほうだ。記入しようとしていたからといって、責められる筋合いはない。

それなのに、どうしてだろう。

俊輔は、一瞬とても寂しそうな目をした。

「昨日、急にあんなことをされたから、俺から逃げたくなった？」

「違います。わたしは……」

ずっと、彼のことが好きだった。

好きだから、そばにいてもかたちだけの妻として扱われることが寂しくて、けれどいつでも優しい俊輔に救われていたのも事実で。

──だけど、離婚するのに何度も好きだと言うのは、きっとよくないことだ。

離婚届をプレゼントだと言う彼にすれば、ふたりの結婚を終わらせることが互いにとっていいことだという見解なのだろう。そこで、優笑は違う考えだと言う必要は──ない。

「……父の会社でお金が必要なんです。それで、通帳を持っていこうと思って」

「そう。通帳を持っていくために、離婚届は必要か？」

「わたしは……っ……、もう、あなたにとって有益《ゆうえき》な家の娘じゃないんです。だとしたら、離婚を提案していただいているのだし、この機に書くのが正しいと……」

そう思ったのは事実だ。

だが、そうしたくないと思う気持ちがあるのもまた真実で。

真剣に訴えた優笑を前に、俊輔は美しく、そしてひどく皮肉げに薄い笑みを浮かべた。

「田津原興産が危ないことくらい、結婚前から知っていたよ」

「えっ……」

――だったら、どうしてわたしと結婚を？

「きみのお父上は、強引なやり口で敵も多い。社外の敵だけではなく、社内でもなかなかのものだった。業績がいい時期はどうにかなっても、不振《ふしん》に陥《おちい》ったらユダはどこにでもいるだろうね」

彼の言葉に反論はできない。父が世にいうパワハラ気味なことは、優笑とて当然気づいていた。部下に対して電話口でひどい言葉を吐き、休みの日に無理難題を言いつける姿も幾度となく見てきている。

「だから、田津原興産が潰れたところで俺は痛くも痒《かゆ》くもない」

「でも、俊輔さんの妻が落ちぶれた会社の社長の娘だなんて、周囲が納得しません」

「きみはときどき、ひどくくだらないことを言う」

そう言って、彼は鋭い目で優笑を射貫《いぬ》いた。

心臓が、一瞬で凍《こお》りつきそうな錯覚《さっかく》に陥る。優しい俊輔、穏やかな夫、その顔ばかり見てきたけれど、この人には別の顔もあったのだ。

「じゃあ、どうして……」

言いかけて、口をつぐむ。

どうして、自分と結婚したのか。どうして今、離婚しようとしているのか。

前者はわからないにしても、後者の原因に父の会社が関係ないのだとしたら、それは俊輔が優笑を不要としているからだ。親や家柄は関係なく、優笑という個人を彼が望んでいないということになる。それを言葉で聞くのが怖かった。

「どうして、昨晩あんなことをしたか、知りたいのかな？」

艶冶《えんや》な指先が、優笑の顎先を撫でた。

「んっ……」

くすぐったいような恥ずかしいような、うまく言葉にできない感覚に、優笑はぴくんと体を震わせる。

「今日は、きみを櫻楼閣に迎えにいくつもりだった。それから、ふたりで話をしようと思っていた。今後のこと、後任の秘書のこと、それから――」

何かを言いかけて、彼はため息をついた。

言いよどむほど言いにくいことなのか。優笑は顔を上げて、まっすぐに彼を見つめる。するとその視線から逃げるように、俊輔はかすかにうつむいた。長めの前髪が彼の秀でたひたいを覆い、表情を隠してしまう。

「……だったら、続きをしようか」

普段より低い、彼の声。ぞくりと耳の後ろが震える。

「あ、あの……」

「昨晩の続きをしたら、俺がどうしてあんなことをしたのかわかるかもしれない。優笑だって、あれで終わりじゃないことはわかってるだろ？」

甘く危険な空気に、ひどく落ち着かない。

どうすべきか逡巡《しゅんじゅん》し、優笑はまったく関係ない言葉を選んだ。

「そっ……れより、お夕飯はどうしますか？　よければすぐに準備を――」

キッチンへ向かって歩き出すと、俊輔が優笑の手首を軽く握った。彼の手は、大きい。優笑の顔を片手でつかめそうな大きさだ。ワイシャツの袖のボタンは、かならずはずしておかないと手が通らない。

その大きな手が、手首を完全に包み込んでいる。強くつかまれたわけではないのに、優笑はひどく落ち着かない気持ちになった。

「俊輔さん……？」

「ねえ、優笑。続きっていうのが、なんの続きかわかってる？」

おそらく、彼の言う続きは昨晩、櫻楼閣の客室で起こった出来事の続きだ。あれが夫婦の行為の最後までいたしていないことは、優笑だってわかる。わかっている。けれど、彼は言った。

『今は、まだきみを抱けない』

あの言葉が、心に棘のように刺さっている。

もし、二年前に優笑が自分から俊輔に妻として扱ってほしいと――率直に言えば、抱いてほしいと懇願していたら何か違ったのだろうか。離婚する予定のふたりが体を重ねるのとは意味が異なる。それどころか、この二年間ほんとうの夫婦でいられたなら、離婚話だって持ち上がっていなかったかもしれない。

そのことを考えると、心臓をぎゅっと絞《しぼ》られるような痛みを覚えた。

せつなくて、苦しくて、もう二度と取り戻せない二年。

「わたしたち、離婚するんですよ」

彼の手から、そっと自分の手を引き抜いて。

優笑は背を向けたままで言う。

「なのに、今さらそんなことをするのって、やっぱりおかしいと思うんです。お互いのためにも」

どこかで、それが自分の本心ではないと優笑は知っていた。たとえもう二度と会えないとわかっていても、一度でいいから俊輔に抱かれたかった。そんな浅ましい気持ちが、優笑の中には存在している。

愛情を交わす行為を浅ましいと言っているのではない。

終わるとわかっている関係で、自分の願望だけを優先したがることを浅ましく、恥ずかしく思う。

「でも、まだ離婚してないよ」

今度は手首だけではなく、背後から両腕が優笑をつかまえた。抱きしめられて、息ができないほどに緊張する。昨晩、もっとすごいことをしてしまったのに――と思い出し、ますます熱が上がる気がした。

「まだ、していないだけで、離婚届も手元にあって……」

「そうだね。きみは書こうとしていた」

どこか責めるような声音に、優笑は何も言えなくなる。

「だから、きみが離婚届を書く前に俺のものにすることにしよう」

「……しゅ、俊輔さんっ⁉」

ふわりと体が宙に浮く。俊輔に横抱きされたと気づいたのは、自分の体が天井と平行になっているのを感じたからだ。

――俺のものにするって、だって昨日は「抱けない」って……

優笑を抱いたまま、俊輔が彼の寝室へ向かう。長い足は一歩の歩幅が大きい。優笑が普段歩くよりもぐんぐんと進んでいき、ネイビーブルーのシーツの上に体を横たえられた。

「好きだったと、言ってくれたね。二年間、幸せだったと」

「それは……」

仰向《あおむ》けになった優笑の上に、両手のひらと両膝で体を支えた俊輔が覆いかぶさってくる。

思わず目をそらしたが、顎をすくい上げるように俊輔がキスで顔を上げさせた。

「っっ……！」

「初めて優笑に好きだと言ってもらったのが過去形だなんて、俺はとても悲しいよ」

悲しいと言いながら、彼の笑顔は泣きたくなるほど美しい。

「優笑」

こめかみにキスをして、彼が名前を呼ぶ。返事を求めているというより、ただ慈《いつく》しむような優しく甘い声だ。

「優笑……」

もう一度呼ばれて、優笑は小さく頭《かぶり》を振る。

彼のものになったら、きっと離れがたくなる。今だって、すでに離婚するのが怖い。この優しい人と永遠に他人になると思うだけで、心が底から凍りつきそうだ。凍った心は、きっとハンマーで殴ったら砕《くだ》けてしまう。普段なら心の痛みに鈍感でいられるのに、凍ってしまえば衝撃《しょうげき》をやわらげることもできない。割れて砕けて散るのだ。

――なのに、どうして？

優笑の唇はわななき、「やめて」のひと言さえ声にならない。

ほんとうは、彼を求めている。その手に触れられて、その髪に自分の指を差し入れて、何もかも分かち合い、ひとつになることができたなら、どんなに素晴らしいだろう。知らないからこそ、その行為に神聖性を求めてしまう。

「泣きそうな顔をしているね」

目尻をちろりと舐められ、優笑はこらえきれずに俊輔の瞳を見つめた。

そこには、自分だけが映っている。きっと自分の目にも、俊輔が映し出されているのだろう。

瞳と瞳の合わせ鏡。永遠にここでお互いだけを見ていられるのなら、このまま彼のものになってしまいたい。すべてをゆだね、すべてを捧《ささ》げ、彼だけのために生きていきたいとさえ思う。

——それが、間違いなの。

父の会社が傾いている今、たとえ俊輔に援助を頼まなかったとしても、いずれ退《の》っ引《ぴ》きならない状態になれば、彼に迷惑をかけるかもしれない。直接的な何かでなくとも、妻の実家が不渡りを出せば、それは俊輔の輝かしい経歴に傷をつけることにはなるまいか。

「悲しい？」

「……悲しくは、ないです」

「だったら、俺が怖い？」

喉元に軽く歯を立てるふりをして、彼が優笑の体を抱きすくめた。

「俊輔さんは、いつだって優しいですから」

「いい牽制だね。だけど、俺には通用しない。俺は、きみの夫だよ。ねえ、優笑、きみを抱くことは、きみを自由にしてあげられなくなることだと俺は知ってる。それでも、抱きたくてたまらない。きみがほしい」

彼の鼻先がすりすりと喉を撫でる。かすめるような動きに、もどかしい気持ちが高まっていく。

「……自由なんて、ほしくありません」

自由であるということは、優笑にとってはひとりぼっちと同義だ。たとえ自分を利用できる駒のひとつとして考える家族であっても、それだけが拠《よ》り所だった。そこから離れて俊輔とふたりの生活の中、優笑は自分を尊重されることの不思議さを知った。だが、彼との関係は終わろうとしている。

──離婚したら、わたしはどこにも属《ぞく》さなくなるの？　それとも、またあの家に帰るの？

「そんな寂しいことを言うなよ。優笑は、どこにだって行ける。なんにだってなれる」

ブラウスのボタンがはずされていく。

スカートの裾は、太ももの付け根までめくれ上がっていた。

「水族館だって、行きたいときに自由に行ける。それでも自由はほしくない？」

彼の言う自由よりも、彼といる不自由がほしいと言ったら、きっと俊輔は困る。わかっているから、優笑は何も言わずに俊輔の首に両腕をまわした。

「……まだ、離婚していないんですよね」

「ああ」

「じゃあ、わたしはまだ俊輔さんの奥さんです」

その言葉が、合図になる。

俊輔は、何も言わずに優笑の唇を塞《ふさ》いだ。甘いキスで。


一糸まとわぬ体は、心もとなさと彼のぬくもりを同時に感じていた。

昨晩とは違い、俊輔も服を脱いでいる。ベッドの下にふたり分の衣類が重なり合って落ちているのが、ひどく親密に見えた。

「っっ……、ぅ、んっ……」

肌の上をすべる彼の舌先が、濡れた跡を残していく。

乳房の裾野から先端へと、ゆっくりゆっくり移動しては、色づいた部分をくるりと円を描くようにうごめいて、感じやすいところをあえて避ける俊輔に、優笑はせつない息を吐く。

「優笑の肌は白いから、すぐにあとがついてしまいそうだ。ここに、キスしてもいい？」

やわらかな膨らみを両手で持ち上げながら、彼が舌先で乳房を軽く押し込んでくる。

「キス……し、してくださ……あ、あっ」

左胸の心臓があるあたりに、俊輔が強く吸い付いた。ちりっと痺《しび》れる痛みが、脳を甘く溶かしてしまう。唇のやわらかさも、濡れたキスの温度も、彼が教えてくれた。彼しか知らない。

彼しか、知りたくない。

俊輔が肌にあとを残しながら、それまで焦らしていた右胸の先端を指腹で軽くあやす。根元を乳暈ごとつまんでは、側面《そくめん》をかすめるように撫でて、先端を指腹で甘くなぞる。

「っっ……、ぁ、あ、俊輔さ……あっ」

がくがくと腰が揺れるのが自分でもわかった。

彼に触れられるのを待っていたかのように、優笑の体は歓喜に打ち震える。実際、待っていた。焦らされるたびもどかしく、あと少し、もう少し、と彼の手が先端に触れてくれるのを期待していた。

「いい声だね。もっと感じてくれてもだいじょうぶだよ。ほら、こっちも」

胸元に赤い花を咲かせたあと、俊輔は左の乳首を音を立てて吸う。

「ひ、ぁ、ああァ、んっ！」

ちゅ、ちゅうっと吸い上げられ、優笑はもう身も心も蕩けてしまう気がした。

気のせいではない。腰の奥深いところから快楽の蜜が溶け出し、まだ彼を受け入れたことのない隘路《あいろ》を伝って閉じ合わせた柔肉をしとどに濡らしていく。昨晩と違って下着はもうふたりを阻まない。足の間に俊輔が膝を割り込ませてくると、濡れているのがすぐに知られてしまう。

「胸だけじゃなく、こっちも俺を求めてくれていたんだ？　嬉しいよ、優笑」

足の間に膝を入れ、俊輔は右手を乳房から腰、腹部、そして太ももの内側へと移動させた。

「優笑の、すごく熱くなって濡れてきてるね」

「い、言わないでくださ……っ」

「もう、指くらい簡単に入ってしまうかもしれないよ。ほら、もっと足を開いて」

あられもない格好をしているとわかっていても、彼の言葉に抗《あらが》えなくなる。

優笑はおずおずと膝を立て、両足を左右に広げていく。あふれた蜜が、臀部へと伝っていった。

「ここ、俺のをほしがっているみたいに見える」

人差し指と中指で柔肉を開き、俊輔は体を移動させて優笑の足の間に顔を寄せる。

ふう、と細い息を吹きかけられ、優笑は「ひっ」と高い声をあげた。

ひくついている蜜口を、否《いや》が応《おう》でも意識してしまう。濡れているからこそ、吐息ひとつも敏感に感じ取っているのだ。

「でも、まだあげないよ。もっと濡らして、もっともっと優笑が俺をほしがってから――」

言いながら、俊輔が亀裂にキスをする。反射的に、優笑は逃げを打った。

「だ、ダメっ……！」

昨晩、指で弄《いじ》られた場所だ。そこがどんなに感じやすいかは、もう知っている。

――だけど、口でなんて……‼

「どうして？」

甘い問いかけに、優笑は顔を真っ赤にした。

「き、汚いです。俊輔さんが汚れちゃう……っ」

「おかしなことを言うね。優笑のこんなにかわいいところが、どうして汚いなんて思うんだろう。俺は、キスしたくてたまらないんだよ。優笑の中まで舐めさせて」

彼は両腕でがっしりと優笑の太ももをつかみ、逃げられないようにホールドしてから再度唇を寄せた。

「っっ……ぁ、ア、やぁ、っ……」

ぴちゃり、と濡れた音がする。

それは彼の唾液《だえき》なのか、あるいは優笑の蜜なのか。その両方が混ざり合っているのかもしれなかった。

最初は亀裂の表面を縦に舌先でなぞり、それからゆっくりゆっくりと柔肉の間《あわい》に舌を埋めていく。探るような動きで、俊輔の舌が蜜口に触れた。

「！　ァ、あ、ああぁ、やだ、やだっ……」

間髪を容《い》れず、彼は舌を蜜口に押し込んでくる。

にゅくん、と体の内側に奇妙な感覚があり、優笑は腰を跳ね上げた。だが、その程度の力では俊輔の腕はびくともしない。しっかりと優笑をつかまえたまま、彼は舌先を奥へと押し込んでくる。

甘濡れの粘膜が、舌でねっとりと舐められる感触。襞《ひだ》を押し広げ、彼の舌は生き物のように躍った。

「ぁ、ああ、俊輔さん、や……、おかしくなっちゃう……っ」

「なっていいよ。おかしくなった優笑を見せて」

舌を絡ませ合うキスのように、彼は蜜口を慈しむ。ネイビーブルーのシーツに、とろりと蜜がしたたり、小さくしみを作った。

「中、ダメ……っ、ん、んぅ……っ」

「中だけじゃまだよくない？　だったら、優笑のいちばん感じるところもかわいがってあげようか」

隘路を舌で翻弄しながら、彼は右手の親指と人差し指で淫芽を軽く揉《も》み込むように捏《こ》ねる。すぐにぷっくりと膨らんだそれは、彼の指に応じはじめた。

「はぁ、ぁ、ああんっ……、両方、一緒になんて……」

中と外から同時に与えられる刺激は、優笑の体を淫らに溶かしていく。

自分という輪郭が崩《くず》れてしまいそうなほどの、絶え間ない快楽の波。その中で、優笑は溺《おぼ》れたように浅く息をする。

「どんどんあふれてくるね。優笑の中、すごく狭くて俺の舌を押し返そうとしてるよ」

「違……っ、ぁ、イヤ、俊輔さん、お願い……っ」

「お願い？」

やめてと思いながら、もっとしてほしいと体が欲している。

この先に、果てがあることを優笑の体は知ってしまった。彼が昨晩、教え込んだのだ。

「お願い……っ、口は、やぁ……」

「そう、だったら指がいいのかな」

何かを締めつけたくて、隘路がきゅうと狭まる。そこに欲しているものの、それは――

「っ、しゅ、んすけ、さん……」

もう、今にも達してしまいそうなほどに体は高まっている。ひくんひくんとか弱く蠕動《ぜんどう》する蜜路が、彼の熱で奥まで埋めてほしいと訴えていた。

経験はない。それでも、本能は彼を求める。

「俺がほしいの？」

含羞《がんしゅう》に鎖骨《さこつ》までうっすらと赤く染め、優笑は涙目でうなずいた。

「仕方ない子だね。もっと慣らしてあげようと思っていたのに」

彼は体を起こし、一度ベッドから下りた。

「や……行かないで、俊輔さん、俊輔さんっ……」

優笑は両腕を伸ばして、彼を引き留めようとする。自分がこんなに甘えた声を出すことを、初めて知った。

「どこにも行かないよ。ただ、準備をしないと」

ベッドサイドの引き出しから、彼が手のひらに載るほどの四角いパッケージを取り出す。それが何かわかって、優笑は伸ばしていた両手で顔を覆う。

「見ていてもいいのに」

「だ、だって……」

彼が何をどこに装着《そうちゃく》しているのか、想像はつく。

それは互いの体を守るために。そして、互いの未来のために。

本来、体を重ねる行為は子どもを作る——いわゆる生殖行為だ。けれど、人間はその快楽のみを感受するために避妊具《ひにんぐ》を開発した。薄膜で遮《さえぎ》ることにより、子どもができるのを防ぐ。

——そう、だよね。だってデキちゃったら俊輔さん、きっと困るもの。

「優笑、顔を見せて」

そむけた顔を自分に向けさせるため、俊輔が優笑の顎をそっとつかんだ。

左手をひたいのうえに上げた格好で、優笑はしどけなくベッドの上に仰向けになっている。

一度は開いた脚を、彼が離れた間に軽く閉じていたが、俊輔は膝頭を優しく撫でてから再度大きく開かせた。

「……っ……」

蜜口からあふれたものが、つうと伝って臀部へ流れていく。その奇妙な感覚に、優笑は体を震わせた。

「もっと早く、きみを俺だけのものにしてしまえばよかった」

「ど……して……」

この二年間、彼に求められていないと思っていた。少なくとも、彼が優笑に男として触れたことはなかったように思う。

「そうしたら、優笑を自由にしてあげられないだろう？　でも、今はもう違う。気持ちは決まってる」

彼の言葉に心が揺れる。

彼は優笑を自由にしたいと言う。だが、かつては抱かずにいたのを今は違うというのは――

「や、やだ……っ」

反射的に、彼の体を押しのけようとした。

もうふたりの関係は終わるからこそ、抱いても支障がない。彼はそう言っているのだ。少なくとも優笑にはそう聞こえた。

――わたしは、俊輔さんのことが好きだからしたいって思ったのに、俊輔さんはそうじゃないの？

「もう遅いよ、優笑」

薄膜越しの切っ先が、蜜口につぷりと先端を食い込ませる。

刹那、腰から背骨を伝って脳まで激しい緊張が走った。

「俊輔さん、お願い……っ、や、やめて……」

怯えて狭まる入り口を押し広げるようにして、彼の劣情が埋め込まれるのがわかった。ゆっくりと体の中に他人が入り込んでくる。全身がこわばり、優笑は呼吸さえままならない。

「迷惑、かけちゃう……っ」

「……それが、俺を拒む理由？」

「だって、わたしのせいで……」

「ねえ、優笑。怖がらないで、迷惑なんていっそ山ほどかけてくれ。それでも俺は、きみを選ぶんだ」

——俊輔さん……？

「だから、俺を受け入れて」

「あ、あっ……」

じわじわと侵食してくる熱に、痛みが混ざる。

だが、まだ彼の情欲《じょうよく》のほんの先端を受け入れただけだ。つながる部分に目を向けて、優笑は絶望的な気持ちになった。これから、あのすべてを受け入れるだなんて。

「は、入らない、そんな……」

「狭い、な」

片腕を伸ばし、彼が優笑の花芽を指で弾いた。

「ひっ……ぁ、ア！」

自身の蜜に濡れた芽は、彼の指で愛《め》でられると隘路をひくひくと震わせる。いっそう狭まったかと思えば、優笑の意思とは関係なく緩み、何度も何度も俊輔の亀頭を引き絞った。

「や……っ……、お願い、そこ、さわらないで……っ」

「まだ半分も入っていないのに、もうイキそう？」

「違っ……ぁ、あ！」

コリッと強くつままれて、優笑は白い喉をこれ以上ないほどに反らした。

まだ触れられてもいない最奥が熱い。自分の体の中に、そんな器官があることを今まで意識したことなどなかったのに。

「中、と外、一緒に、したら……っ、あ、あっ……」

「ああ、ずいぶんひくついてるな。優笑、俺を押し返そうとしてるの？　それとも、奥まで導こうとしている……？」

彼の言葉と同時に、ず、ずずっ、と剛直が押し込まれる。

粘膜をみっしりと押し広げられ、襞という襞がひりつく感覚に襲われた。

「痛い……っ、俊輔さ、あ、あっ……」

何かにすがりつかなければ、自分を保てない。自分に痛みを与える夫に、優笑は震える両手で抱きついた。

「……きみは、こんなときにも健気《けなげ》だ。優笑を奪おうとしている俺に、そんなかわいらしくしがみつくだなんてね」

俊輔の太く漲《みなぎ》るものが半分ほど、優笑の体に穿《うが》たれている。まだ残り半分もあるだなんて、すべてを受け入れる前に自分が壊れてしまうのではないかと思う。

「怖い？」

大きな手が優笑の髪を、泣きたくなるほど優しく撫でる。

「……こ、怖いのは、初めてだから……」

「その返答じゃ、俺を誘っているように聞こえるよ。優笑、あと少し腰を進めたら、もうきみはいちばん奥まで全部俺に奪われてしまう。わかってるのか？　たとえ離婚したとしても、この先どんな男に抱かれても、きみを初めて抱いたのは俺になるんだと」

それは、今ならまだ引き返せるという意味なのだろうか。

具体的に処女というのが、男性と性行為をしたことのない女性を指すのだとしたら、これはすでに優笑にとってじゅうぶん初体験だ。

——そうじゃなくたって、昨晩あんなふうに……その、俊輔さんにされて、すごく感じてしまって……

最初は、すべてが終わってしまうのならばせめて好きな人に抱かれたいと思った。

それから、彼が自分との関係が終焉《しゅうえん》を迎えるからこそ抱こうとしていると気づき、抗った。

だが、今は。

「初めての人は、俊輔さんがいいです。だって、わたし、ずっとそうなるんだって婚約していたときから思ってました」

ところどころかすれる声で、初めての体を開かれかけた優笑がかすかに微笑む。

この先のことなんてわからない。俊輔と離婚したあと、誰かを好きになれるかなんてまだ考えることさえできない。

「だけど今は――」

言い終える前に、重ねるように俊輔が口を開いた。

「だから今、きみを抱く」

ずぐ、と体の中に芯を通されるような感覚があった。あまりに一瞬のことで、痛みよりも衝撃が強い。

「っっ……、……ぁ、あっ！」

最奥までずぷりと埋め込まれた雄槍は、優笑の中で脈を打っている。その脈動が、次第に体の痛みを感じさせた。

「い、痛……っ……」

入り口は目いっぱいに広げられ、奥は何か硬いものを押しつけられた感覚がある。

だが、もっとも痛みを感じるのはその中間あたりだ。ジンジンと擦過傷《さっかしょう》に似た痛みは、次第にそこだけ熱くなっていく気がする。

「優笑、こっちを向いて。痛かったね。だけど、これでもうきみの初めての男は俺だよ。誰もきみを奪えない。もう、俺が奪ってしまったんだから」

涙目の優笑に、俊輔が優しく唇を重ねてきた。

下腹部に痛みを与えながら、くちづけは愛されていると勘違いしそうなほどに甘い。

「舌を絡めて、そう、俺の舌を吸ってごらん」

「ん、んぅ……っ」

痛みから逃れたい一心で、優笑は彼の言うがままに口を開く。互いの舌と舌を絡めていると、不思議なことに蜜路の痛みは少しずつ緩和されていくようだ。

はしたなく唇を求めるたび、優笑の体は俊輔を受け入れて馴染んでいく。

濡襞はキスに合わせてあえかに蠕動し、彼のかたちを写し取るように収斂《しゅうれん》した。

「まだ、苦しそうだ。少しこのままでいよう」

「は、はい……」

抜いてほしい、とは言えなかった。

セックスが挿入で終わることではないと、優笑も理解している。彼はこの行為の続きをこらえてくれているのだから、それ以上を望むのはずうずうしいかもしれない。

——俊輔さんの、すごく熱い。

「優笑の中、あったかいよ」

鎖骨に鼻先をすりつけて、彼が言う。

「俊輔さんのが熱いんです」

「そう？　俺には優笑があったかく感じるけど」

もうすぐ夫婦ではなくなるというのに、こんなことをしている。そして、体がつながったままだというのに普通に会話をしているのがなんだかおかしかった。

「こら、なんで笑ってるんだ？」

「だって、なんだかヘンですよ。わたしたち、今……その、すごいことをしてるのに、普通に話してるだなんて」

「うーん、けっこう余裕みたいだね？」

彼も小さく笑う。同じ気持ちだと思ったが、次の瞬間そうではなかったことがわかった。

「っっ……あ！　あっ……」

左胸の先端に、ちろりと何かがうごめく感覚がある。

濡れたあたたかなものが先端をかすめたあと、ねっとりと乳暈のふちにそって円を描いた。

それが彼の舌だとわかるまで、優笑はビクビクと全身を震わせる。

「優笑の胸、すごくかわいいね。今まで、誰にも触れられたことはない？」

「ゃ……、あ、あるわけ、な……い、です……」

「自分でさわったことは？」

反射的に、首を横に振る。自慰行為についての知識がないわけではないけれど、そういうことをするのはなんだか怖かった。

「ほんとうにまっさらな体なんだね。俺だけが知ってる体」

やわらかな肌を舌先でなぞっては、彼が甘く蕩けそうな声で言う。

敏感な部分に触れられると、おかしな声が出てしまうが、そうでない限りはくすぐったいだけだ。膨らみを唇と舌で愛撫《あいぶ》されながら、優笑はなんだかもどかしい気持ちになっていた。

「色が白いから、すぐに跡がつきそうだな」

俊輔が口を開けて、大きく吸いつく。

「ひ……っ……」

乳房を食べられてしまうような感じがして、一瞬体が凍りついた。

先端を避けて白肌を口に入れた俊輔が音を立てて吸う。彼が顔を離していくと、肌はたゆむように弾んだ。

「ちょっと吸っただけで、薄く色がつくね」

「や……それ、いや、です……」

破瓜《はか》に比べれば、痛みも快感もない行為なのに、優笑は次第に息が上がっていくのを感じていた。性感帯に触れられているわけではないのに、なぜなのか自分でもわからない。

「大丈夫。痛いことはもうしない」

「でも……っ」

胸の谷間に、彼が顔を埋める。乳房を左右からやんわりと押すように揉《も》まれ、またしても中心のツンと自己主張する部分は放置されていた。

「やわらかくて、食べてしまいたくなる」

「食べちゃ……、だ、ダメ……っ」

「優笑は怖がりだな。ほんとうは、もっと俺が守ってあげなきゃいけなかった」

左にしたのと同じく、彼は色づいた部分をくるりくるりと舌でなぞる。わずかにも、先端にはかすめない。そのことに、優笑は物足りなさを感じた。

――物足りない、って、わたし……

気づきたくなかった。けれど、気づいてしまった。

彼になかば押し切られるようにして体を押し開かれていながら、優笑は胸への愛撫を欲している。彼の触れるところではなく、もっと感じやすいその場所にキスしてほしい。指でいじって、舌でたっぷり舐めてほしいのだ。

「ああ、ぁ……っ……」

気づいてしまえば、知らなかったころには戻れない。

彼の舌先が乳暈をつんとつつくと、乳首がいっそうみだらに屹立する。触れられていないのにそうなってしまう体が恥ずかしくてたまらなかった。

「ねえ、優笑。見て」

「っっ……」

顔を上げた俊輔が、両手で乳房を裾野から持ち上げる。すると、左右の先端がきゅっと凝《しこ》っているのが強調された。

「ここにはほとんど触れてないのに、こんなになってる」

「や……やめ……」

「舐めて、ほしい？」

言葉の途中でゆっくりと間をとって、彼が尋ねる。

赤い舌先が形良い唇をちろりと舐めるのが、狂おしいほどに淫靡《いんび》に見えた。

「…………俊輔、さん」

「どうしてほしいか、言って。ここを、舐めてほしい？」

放《ほ》ったらかしにされた乳首は、ジンジンとせつなさで疼いている。昨晩、その悦びを優笑は知ってしまっていた。今、こうして彼の劣情を突き立てられたまま、胸への快楽を与えてほしくてしかたがない。

「な…………めて、くださ……」

「優笑のかわいい顔、もっともっと見せてもらうよ」

期待に鼓動《こどう》が高まる。彼を咥《くわ》え込む隘路が、きゅうとせつなく引き絞られるのがわかった。

舌先が快楽の先端を包み込むと、それだけで腰が浮きそうになる。

「ひ……っ、ん、んぅ……っ」

　待ち焦がれた分、いっそう体は敏感になっていた。根元から扱くような動きの指と、舐めてはくちづけ、食《は》んでは甘噛みする口での愛撫。左右一度に与えられて、優笑はシーツの上で体を弾ませる。

「ここ、気持ちいいんだね。優笑の中が俺を食いしめて、感じてるのを教えてくれる」

「ぁ、あっ……いい、いいの、気持ちいぃ……っ」

「指でされるのと、吸われるのはどっちが感じる？」

「わ、かんな……ああ、ァ、や……っ」

　先ほどまでわずかに残っていた破瓜の痛みすら、今はもう感じられない。それどころか、彼の熱杭にすがりつくようにして、蜜路が何度も引き絞られる。意図してやっていることではなく、胸への愛撫に呼応して体が勝手に彼をより強く感じようとしていた。

「もっと強く吸ってみようか。こうやって――」

「あぅ……っ！　い、痛……っ、ん、んんっ……」

「痛い？　ああ、乳首がこんなに真っ赤になってる。優笑のここ、感じるといやらしくてかわいい色になるんだな」

　シーツにしわが寄り、優笑の髪はその上であえかに波を打つ。

　天井は、快楽の涙でにじんで見えた。

「痛かった？　舐めて慰めてあげる」

「ひ、ぃん……っ、あっ……」

ぺろぺろと子猫がミルクを舐める素振りで屹立を舐められ、優笑は耐えられずに高い声であえぐ。繰り返される愛撫が、どれほど続いただろうか。左、右、左、右……と双丘を交互に攻められているうち、優笑の体に明らかな変化が生じはじめていた。

中が、せつないのだ。

――やだ、どうして？　さっきはあんなに痛かったのに。

彼の唾液で濡れた乳首を、左右同時に指でつままれながら、優笑の隘路はもどかしげにうごめく。食いしめればそこに彼の存在があるのに、それだけでは物足りなくなってきている。

乳首の根元をつまんで、俊輔がそれを左右に引っ張った。唾液でぬめって、途中で彼の指から乳首が抜ける。ぷるんと弾む乳房と、指から離れる瞬間のせつなく甘い感覚。優笑はその一瞬、自分から腰を動かしていた。

「も……ダメ、だめぇ……」

「そんな泣きそうな顔をするほどいやだった？」

「違うんです。き、気持ち、よくて……」

「だったらもっと。もっともっと、きみを味わいたい」

彼の声は甘く濡れて、優笑の鼓膜を震わせる。その声すらも体を高ぶらせた。

「だって……、わたし、おかしくなっちゃう……っ」

両手で顔を覆い、優笑は必死に自分の願望を押し殺そうとした。

口に出してはいけない。こんなことを言ったら、いやらしい女だと思われる。

――初めてなのに、俊輔さんにもっとされたいだなんて……

「おかしくなればいいよ」

彼は静かな声音で言った。声をひそめているのではなく、凪《な》いだ海を思わせる静かな声。

「もっとおかしくなって、俺をほしがればいい。そうなるまで、抜いてなんかやらない。優笑が俺を求めるまで――」

「……え……？」

らしくない彼の言い方に、優笑はハッとして顔を覆っていた手を離す。

すると、すぐに俊輔がいつもの笑顔になった。

「優笑は遠慮《えんりょ》がちだから。俺にしてほしいことがあるなら、なんだって言ってほしいってことだよ」

「は、はい。でも……」

「まだ考える余裕があるみたいだね。もっとここをかわいがってあげなきゃ駄目かな？」

指腹ですりすりと左右の先端を撫でられて、一瞬よぎった彼への違和感が頭から消えた。

「いっ……や、あ、っ……そこ、もう……っ」

「もう？」

「そんなに、しないでぇ……」

「だったら、どうしてほしいか教えて。俺はさっきから、ずっと我慢の限界だよ？」

吐息混じりの声に、彼の本心が覗く。優笑は彼の両腕を必死につかんだ。

「し、して……くださ……」

「何を？」

「腰……っ……、う、ごかして……っ」

泣き声で訴えると、俊輔が「痛くないの？」と尋ねてくる。もう、痛みよりも違うもので優笑の体は支配されていた。

「動いて、お願い……」

「かわいいよ、優笑」

彼は体を起こして膝立ちになると、優笑の太ももを持って腰を浮かせる。

「っっ……！」

腰だけを高く上げられた格好は、あまりにはしたない。けれど、引き締まった俊輔の腹筋が目に入り、優笑はもう理性を保てなくなっていた。

「なか……っ、ヒリヒリして、もどかしいんです。俊輔さんので、こすって……」

「まったく、俺の奥さんはかわいすぎて困る。処女に無体なことはしないよう、俺がどれだけ我慢していたかわかってるのか」

「だって、だって……」

「いいよ。いくらでもしてあげる。優笑の中をいっぱい感じさせてあげるから――」

腰から下腹部へと大腰筋が美しい線を作っている。それを優笑の太ももで挟ませ、俊輔がぐっと腰を引いた。

「ひぅ……っ……ん！」

それまでずっと、中でおとなしくしていた楔《くさび》が浅瀬まで抜き取られる。締めつけるものを失った粘膜が、ひどくせつない。だが、彼は返す刀で腰を突き上げてきた。

「っっ……、ぁ、あ……！」

とちゅ、とちゅ、と奇妙な音が聞こえる。中を貫かれるたび、媚蜜がかきだされるような、あるいは攪拌《かくはん》されるような音。

「優笑のヒリヒリするところはどこ？　ここ？」

「や……そこ、も……っ」

膨らんだ切っ先とくびれが、優笑の粘膜を掻《か》いた。痛痒《つうよう》ともいえない歯がゆさに、優笑は必死で追いすがる。

最初は遠慮がちだった抽挿が、だんだんと速度と勢いを増してきた。

「ああ、あっ……、すごいの、中、俊輔さんのでいっぱい……っ」

「絡みついてくるよ。優笑、感じてくれて嬉しい」

浮かせていた腰をベッドに下ろし、俊輔が上半身を重ねてくる。

「もう少し、脚を開いて」

「こ、こう、ですか……？」

「じょうずだね。いい子だ」

子どもを褒《ほ》める口調なのに、彼は男の目をして優笑を見つめた。それから、どちらからともなく唇を重ねる。

俊輔の舌が口腔に入ってきたとき、優笑は自分からそれを甘く吸い上げていた。

激しくなる抽挿も、もう痛みはない。腰骨を打ち付けられる内ももさえ、打擲《ちょうちゃく》音に悦びを覚える。

——俊輔さんが、好き。ずっと好きだった……

彼の首にしがみついて、優笑は目を閉じた。

初めて受け止める彼の欲望は、自分が想像していたよりもずっと激しく、ずっと逞しく、そしてずっと気持ちよかった。

† † †

『優笑さん、縁談を受けてくれてありがとう。とても嬉しかったよ』

　そのひと言で恋に落ちたと言ったら、人は優笑を浅慮だと言うだろうか。

　実際には言葉だけではなく、俊輔の優しい笑顔や大きな手、笑うと少し下がる目尻もすべてが相まって、優笑の足元に恋という大きな穴が開いた。そこにすぽん、と落ちてから気づく。

この人は、ほんとうは姉と結婚したかったのではなかったのだろうか。

　しかし、それからずっと俊輔は優笑を大切にしてくれた。

　思えば、優笑にとって縁談というのは父と母のような夫婦になるための準備でしかなかった。両親は仲が悪いわけではないけれど、互いに相手よりも自分のしたいことを優先する。夫婦そろってパーティーに出席するときには、母は決まって高価なアクセサリーやドレス、ときには着物を父にねだった。

　そして、優笑の知るかぎりふたりの間には――というより、田津原家では「ありがとう」という言葉がほとんど交わされない。同時に「ごめんなさい」という言葉を口にするのは、ほぼ優笑のみだ。

　姉の強い束縛で、同級生とはあまり遊べなかった。優笑が外に出ることを嫌う姉は、母や父にも「優笑はぼんやりしているからひとりで出かけたら危ない」と根回しをしていた。

　優秀な兄と美しい姉、そして平凡で地味な自分。

　白鳥のような家族の中で、優笑だけがアヒルだったのだ。

醜いアヒルの子は白鳥に成長するが、優笑は最初からただのアヒルだった。醜いというわけではないが、白鳥たちの中にいればその凡庸さが目立つ。

それなのに、俊輔は優笑との縁談が成立したことにお礼を言ってくれた。その上、嬉しかったと笑ってくれた。ただそれだけのことが、優笑にとっては特別だった。夫婦といえども家族だ。家族の中には「ありがとう」なんて存在しないものだと思っていたのだから、それはまさに青天《せいてん》の霹靂《へきれき》だったとも言える。

婚約中はあまりふたりで会う機会がなかったが、結婚後も俊輔はいつだって優しかった。

——ずっと、好きで。俊輔さんと結婚できるなんて、夢みたいだった。

だから、彼が優笑を女性として求めないことに不満を言うつもりなどなく、もし外で性欲を満たしているのだとしても責めるいわれなどないと思っていた。ただ、少しだけいつも寂しかった。職場も一緒で、帰る家も一緒。ともに食事をし、たまにパーティーに出る。それだけでじゅうぶん満たされていたはずなのに、彼に抱かれて初めて自分が寂しかったことを思い知る。

——もう、これで終わりなのに。

ベッドの中で、すん、と鼻をすする優笑に、俊輔が「優笑?」と呼びかけてきた。

「ごめん、もしかしてつらかった?」

彼は果てるまで行為をするわけではなく、しばらく優笑を感じさせたあと、行為を減速して終わらせた。

「いえ、そうじゃありません。だいじょうぶです」

幸せな思い出をもらった。これだけでもう一生分幸せだと思った。

「……わたし、両親の期待にこたえられない子だったんです」

今まで誰にも言ったことのない、恥ずかしい事情。優笑は、自然とそれを口に出していた。

「両親は、兄や姉のように優れた何かをわたしに期待してくれました。だけど、わたしはそれにこたえられなくて、いつだって落胆《らくたん》させてばかりで、姉にも迷惑をかけて……」

「優笑」

裸の体を俊輔が優しく抱き寄せる。

引き締まった胸に頬を寄せると、彼の心臓の音がした。

「なのに、ずっとわたしを育ててくれました。何もできなくて、みっともないわたしを、家族だけが愛してくれたんです。だから、俊輔さんが姉の代わりにわたしとの縁談を望んでくれたとき、初めて両親に喜んでもらえました。褒めてもらえました。あんなふうに両親を喜ばせることができたのは、全部俊輔さんのおかげです。ありがとうございます」

「……っ、違う」

悔しさとも怒りともつかない声に、優笑はハッとして顔を上げる。

「あっ、もちろん、そのことを感謝していると言いたかっただけで、離婚に含みがあるわけじゃないんです。たとえ離婚するにしても、一度は俊輔さんと結婚できたことをわたしはほんとうに感謝していると言いたくて……」

「そうじゃない。そうじゃないんだよ、優笑」

今まで見たこともないほど、俊輔は悲しい目をしていた。

美しい等幅の二重が歪《ゆが》み、眉が下がっている。その目はじっと優笑を見つめて、何か言いたげだ。しかし、彼はただ優笑の頭を撫でるばかりで、俊輔が言う「そうじゃない」の意味がうまく読み取れない。

「……俊輔さん」

「うん」

「わたしといると、悲しいですか……?」

好きな人を幸せにできない。それは、自分の至らなさのせいだ。

——そもそも、自分が誰かを幸せにできるだなんて、驕《おご》った考えなのかもしれない。

「悲しいのは、優笑といるからじゃないよ。優笑が自分をとても粗末《そまつ》に扱っているから。だけど、それも優笑のせいじゃないとわかっているんだ」

「粗末に……」

彼の言葉に納得できず、優笑は小さく首を傾《かし》げた。

「優笑、家族は——人間はね、相手が優れているとか美しいとか、そういう理由で愛するわけじゃないんだよ」

「もちろんです。俊輔さんは優秀で美しいですけど、わたしだってそれだけで……、っ、あ、いえ、その……」

暗に彼を好きだと言いかけて、優笑は言葉を呑み込む。終わりだとわかっているのに、何度も好きだと伝えるのは彼の負担になりかねなかった。

「きみのお兄さんやお姉さんがたとえ優れていたとしても、それときみが愛されるべき小さな子どもだったことは別のことだ」

――わたし？

突然、話の矛先が自分に向けられて、優笑は驚いた。

「ご両親が優笑を育ててくれたのは、たしかに感謝すべきことかもしれない。だけど、それは至極当然のことでもあるんだ。俺にとって優笑は何もできなくなんてないし、みっともなくもない。秘書の仕事も、妻としても、いつだってがんばってくれていた」

心から満足しているとばかりの笑みに、声がでなくなる。

――だったら、どうして離婚するの？

けれど、自信のない優笑にはその言葉を口にすることができなくて。

「……俊輔さんは、優しいですね」

少し泣きたい気持ちを胸に秘め、愛しい人に微笑みかける。

「いいよ、今はそれだけで。俺がきみの呪縛《じゅばく》を解いてあげる。必ず、自由にしてあげる。だから今は少し眠るといい」

頭を撫でる手が、そっと目元を覆った。

――そういうところが優しいんです、って言っても、きっと俊輔さんには届かないんだろうな。

彼の言う自由＝離婚だということは、優笑にもなんとなくわかってきた。俊輔との生活を束縛だと思ったことはなかったが、彼にとって結婚はなんらかの檻《おり》だったのかもしれない。誠実な彼のことだから、妻がいる状態でほかの女性とどうこうすることができなかったのかもしれないし、あるいはほかの事情があるのかも――

「おやすみなさい、俊輔さん……」

そう言ったものの、目を閉じても優笑はなかなか眠れなかった。

彼の体温に包まれている今という時間が、とても貴重で大切なものに思えたから、終わってしまうのが怖かった。

人間は、よくばりだ。

ひとつ手に入れれば、今度はそれを失いたくないと願う。ふたつ手に入れれば、どちらも手放したくないと思う。

けれどその夜、優笑が手に入れたものは一生失うことのない唯一の存在だった。初めていちばん近くまで自分の中に入ってきてくれた相手が、俊輔だという確固たる事実だった。

†　†　†

あれは、結婚披露宴《ひろうえん》の準備をしていたときのこと。

腕の中に優笑を抱いたまま、俊輔は思い出す。彼女を取り巻く家族がおかしいとは、うすうす感じていた。それでも優笑との結婚を望み、彼女を家族から引き離せばいいだけだと思っていた、そんな時期のことだ。

櫻楼閣に専門のブライダルプランナーを呼び、優笑のドレスを選んだあと、彼女が着替えのために客室へ行くのを見送った。母と姉に付き添われていく優笑は、いつもより恥ずかしそうな嬉しそうな、とても愛らしい表情をしていた。

「深山さま、申し訳ありません。こちら、先ほど花嫁さまのお母さまとお姉さまがお選びになったドレスなのですが――」

ブライダルプランナーの女性から声をかけられて振り返る。

ワゴンに数着のドレスを提げ、プランナーが困り顔をしていた。

「何か問題がありましたか？」

「はい、その……花嫁さまの採寸とは合わないと申しあげたのですが、どうしてもこちらを試着されるとのことでして」

彼女が指し示すドレスは、マーメイドラインで肩紐《かたひも》のないデザインだ。たしか、先ほど選んでいるときに姉の優美が自身の結婚式に着たものと似ていると言っていた。

長身でグラマラスな体型の優美ならばまだしも、小柄で愛らしい優笑にはあまりしっくりくる印象はない。サイズが合わないというものを、無理に選ばせたのだろうか。

「優笑さんはなんと言っていましたか？」

「少々お困りの様子でしたが、ご家族のおすすめにこちらをぜひ着てみたいとおっしゃっていらっしゃいました。わたくしどもといたしましては、花嫁さまがいちばん望まれるドレスをお選びいただきたいと考えておりますものですから、どのようにご対応すべきかご意向をお聞かせいただければと思い、お声をかけさせていただきました」

なるほど、と俊輔は小さくうなずく。

何度か打ち合わせをしているブライダルプランナーには、優笑が母と姉の言いなりになっているのがわかっていたのだ。その上で、ドレスまでも家族に決められてしまいそうな彼女を、放っておいていいものかと俊輔に問いかけているのである。有能なプランナーだ。

「わかりました。では私のほうから、彼女におすすめしたいドレスを一着追加で選んでも？」

「はい、もちろんです。ありがとうございます」

ウエディングドレスに口出しするのは無粋《ぶすい》かと、俊輔は先ほどからずっと気になっていた一着を優笑に提案せずにいた。偶然こうしてチャンスを得たのは、彼としても嬉しい誤算だ。

「エンパイアラインの、銀のベルトがついたチュールレースのドレスがあったかと思うのですが」

「ございます。あちらでしたら、ロマンチックなデザインですので奥さまにもとてもお似合いかと存じます」

「では、それを私の希望として一緒に運んでください」

「かしこまりました」

――さて、夫となる俺と、これまで彼女を支配してきた母と姉、どちらの推《お》すドレスを優笑さんは選ぶのか。

俊輔は、しばしティールームで時間を潰してから試着を行っている客室へ向かった。

すると、客室の前まで来たところで中から声が聞こえてくる。

「優笑は背が低いし、体型も優美ちゃんに比べて貧相だものねえ」

「やだ、お母さんたら。そんなこと言ったら、優笑がかわいそうよ。せっかくの結婚式なのに、貧相な体だなんて、結婚しても旦那さんに残念がられちゃうんじゃない？」

扉をノックすると、室内の声が途切れた。

これ以上、優笑が傷つけられるのを聞かずともいい。もう、彼女の家族の本性はわかった。

ノックに応じて、プランナーの女性が扉を開ける。そのことに、俊輔は少なからず驚いた。

他者がいるところで、あんなに優笑を罵《のの し》っていたとは――

「試着はどうですか？　かわいい花嫁が気になって、不作法とは知りながらお邪魔しました」

煮えくり返る思いを押し殺し、俊輔は顔に微笑をはりつける。

「まあ、俊輔さん。わざわざ申し訳ありません。この子はほんとうに優柔不断《ゆうじゅうふだん》で、自分ひとりでドレスを選ぶこともできないものですから」

──おまえたちが優笑の選んだものを否定したんだろうが。

本心は口に出さず、俊輔は軽く首を横に振る。

「優笑さんならどんなドレスもお似合いでしょうから、選ぶのに時間がかかるのは当然です。私も当日が楽しみですよ」

部屋の中央には、俊輔の選んだエンパイアラインのウエディングドレスを着た優笑が立っていた。想像どおり、いや、想像した以上に彼女はそのロマンチックなデザインがよく似合う。

エンパイアラインとは、ギリシャ神話の女神が着ていたとされるデザインを模《も》したものだ。ハイウエストでスカート部分に切り替わり、広がりすぎず体にはりつきすぎない直線的な裾を持つ。デザインによっては大人っぽくもなるのだが、俊輔が選んだものはチュールレースと花の刺繍《ししゅう》が可憐《かれん》な印象を醸《かも》し出すドレスだった。

「……とても愛らしい」

目を細めて優笑を凝視《ぎょうし》しながら、思わず本心を口にしてしまい、俊輔は小さく咳払《せきばら》いをする。

「あら、でもこれだと優笑の子どもっぽさが前面に出てしまいませんか？　ご列席の皆さまがど

う思われるか心配で……」

優美が、いかにも優笑のため、あるいは俊輔のためと言いたげに懸念《けねん》を口にした。しかし、それは余計なお世話というものである。

「そんなことはありませんよ。優笑さんは田津原家で育てられた、すばらしい淑女《しゅくじょ》です。彼女の上品さと愛らしさがよく表現されているように私は思います」

俊輔の言葉に、優笑がぽっと頬を赤らめた。

「ええ、わたくしもこちらがよくお似合いだと感じました。花嫁さまは華奢でいらっしゃいますから、セクシーになりすぎずとても品良く見栄えがいたしますね」

プランナーの女性が、そっと後押しをしてくれる。彼女は試着の間、ここにいたはずだ。ならば、優笑が気に入ったドレスについてもしっかり見極めているのだろう。

「優笑さんは、どのドレスが気に入ったんですか？」

直接尋ねると、とたんに彼女は目を伏せた。いや、目を伏せて一瞬、姉のほうに視線を向けたのがわかる。ほんとうのことを言うべきか、姉の言うとおりにすべきか、逡巡しているのかもしれない。

「わたしは……」

途中で言葉を切って、彼女が小さく深呼吸するのがわかった。

期待しすぎてはいけない。優笑は、おそらくこれまで家族からひどい扱いを受けて育ってきた。金銭面での苦労はなかったかもしれないが、親や姉に対して服従を強いられてきたのだと俊輔は気づいている。だから、今すぐ彼女が本心を口にできるようになるとは考えていなかった。

これから、チャンスを増やしていこう。

彼女が何かを選ぶ機会を、彼女が家族の目を気にせずにほしいものをほしいと言える機会を。

「迷うのも当然です。できることならわたしのために、十回、二十回とお色直しをしてもらいたいくらいですよ」

「えっ……」

俊輔の冗談とも本気ともとれぬ言葉に、彼女が驚いた様子で顔を上げた。

事実、可能ならば何十着でもドレスを買ってあげたいと思う。ただし、それは優笑が気に入ったものに限る。彼女の家族のためではなく、優笑のためだけに——そして俊輔自身が愛らしい優笑を見るために買い与えたい。

「すみません、ますます困らせてしまいましたね。ですが、私はそのドレスが好きですよ。今着ているものが、優笑さんにとてもよく似合っている。二十二歳の若い花嫁ですからね。可憐さが目立つのは好ましいです」

優笑の母と姉がちらちらと目で何か合図を送り合っているのが見えた。あとひと押しすれば、彼女たちも折れるかもしれない。

「そういえば、お義母さんとお義姉さんは当日の服装はもうお決めになったのでしょうか？」

「え？　ええ、考えてはいるのですけれど」

「もしご迷惑でなければ、祖父の代からお世話になっている呉服屋がありまして、お義母さんには私から一着プレゼントさせていただきたいのです」

「まあ！」

——これで母親のほうはいけそうだな。

俊輔は心の中でほくそ笑んで、優美に向き直る。極上の作り笑いに、彼女が少しだけひるむのを感じた。だが、優美は優美で母同様に自分にも何かもらえるのではないかという期待が透けて見える目をしていた。

「それと、仕事の関係でイタリアの新進気鋭のデザイナーと取引がありまして、最近インスタなどでも話題のCuore《クオーレ》 e《エ》 mare《マーレ》というブランドなのですが、ご存じでしょうか？」

「ええ、もちろん存じておりますわ。先日、イタリア大使館のパーティーで大使のご夫人が着ていらっしゃいましたもの」

優美が夫の仕事関連で、イタリアにつながりがあることは調査済みだ。

「そのデザイナーから、日本人向けのラインをいくつか相談されているのですが、お義姉さんにぜひお試しいただければと思いまして。深みのある色合いが彼の特徴ですから、披露宴で着るのにちょうどいいかと」

「Cuore《クオーレ》 e《エ》 mare《マーレ》のドレスだなんて、光栄です。よろしいのかしら？」

単純な母親に比べて、狡猾《こうかつ》な女だ。

――そうか。よもやと思っていたが、田津原家の諸悪《しょあく》の根源《こんげん》はこの女か。

「ええ、ぜひ。――ところで、優笑さん」

「は、はいっ」

「私は、そのドレスがとても気に入っているのですが、優笑さんはどうですか？　デザインや着心地、ほかに試着したものの中で、気に入ったドレスはありましたか？」

「……あ、その、それは……」

またもうつむきかけた優笑に、優美が声をかける。

「優笑ったら、そのドレスが気に入ったってさっき言っていたじゃない」

「う、うん。これが……気に入っています」

ほんのりと頬を染め、嬉しそうに優笑が表情を緩めた。その姿を見て、今の言葉は「言わされている」のではなく本心だと安堵《あんど》する。

「では、そのドレスをもとにして、デザインを起こしてもらいましょう。お願いできますか？」

最後の問いかけは、プランナーに向けた。

「はい、もちろんでございます。よろしければ花嫁さまのご希望でいろいろと自由にデザインもできますので、デザイナーとの打ち合わせの日を決めさせていただけますか？」

「ああ、私もぜひ同行したいですね。優笑さん、一緒に行ってもいいですか？」

「は、はい、よろしくお願いします」

畳み掛ける流れに、優笑はぺこりとお辞儀する。その姿は、まるで一本の白い百合《ゆり》の花のようだった。

この美しい花を、自分が手折《たお》る。

芽を出し、育った土から切り取るのだ。

——彼女に、自由を。

俊輔は、にっこりと微笑んだ。


「……あれからずいぶん経《た》つのに、俺はまだきみに自由を教えてあげられていないね」

眠る妻の薄いまぶたを見つめて、俊輔は小さくひとりごちる。

優笑には、夢があった。それを許さなかったのは、彼女の家族だ。

——きみの夢を叶《かな》えたい。俺は、そのためならなんだってできるんだよ、優笑。

「ん……」

腕の中、優笑がかすかに身を捩《よじ》る。

それを抱きとめて、俊輔は自分の行動に皮肉さを覚えた。

この腕の中から寝返りを打とうとすることさえ許さないくせに、ほんとうに自由になどできるのか。抱いてしまった今となっては、絶対に手放したくない気持ちでいっぱいだ。たとえそれが一瞬のことだろうと、優笑を離したくない。

「……一瞬だ。すぐに、取り戻す」

そう言って、彼は優笑を抱く腕に力を込めた。

†　†　†

目を覚ますと俊輔の姿はなかった。窓の外は夜の帳《とばり》が張り巡らされ、ベッドから起き上がると少し肌寒い。それもそのはず、優笑は服を着ていなかったのだから。

慌てて床に脱ぎ捨てたはずの洋服を探すも、一枚も見当たらない。ガーゼケットを体に巻きつけ、こっそりと自分の寝室へ向かう。けれど、リビングにも俊輔の姿はなかった。書斎のほうにいるのかもしれない。

とりいそぎ寝室のウォークインクローゼットで着替えを済ませ、手ぐしで髪を整えてから俊輔の書斎をノックした。

「俊輔さん、あの……」

しかし、何度ノックしても返事はない。彼はどこかに出かけているのだろうか。

安堵とも落胆とも言えない息を吐いて、初めて体の違和感に気づいた。脚を閉じていても、何かが挟み込まれている感じがする。長い間脚を開いて彼を迎え入れていたせいか、それとも体の内側を押し広げられたせいか。

——なんてことを考えてるの、わたし！

思い出すだけで含羞に頬が真っ赤になる。

彼は優しかった。逞しかった。優笑が想像していた夫婦の営《いとな》みはあくまで想像上のもので、実際はもっと——

「あれ？」

リビングに戻った優笑の目に、あるはずのものが見当たらない。

ダイニングテーブルの上に、万年筆だけがぽつんと置かれている。だが、一緒に持っていた離婚届の入った封筒がないのだ。もしかしたら、俊輔がシェルフに戻したのだろうか。そう思ってシェルフを探ると、もとの場所に封筒はあった。

一応中身を取り出して——目の前が、一気に暗くなる。

前回見たときは、白紙だった離婚届。そこに俊輔のやや右上がりの美しい文字が記入されていた。

ブルーブラックのインクは、俊輔が仕事でも愛用している万年筆だ。秘書として二年間、そばにいたからわかる。電子署名も増えたご時世だが、それでも手書きはなくならない。俊輔の文字は、彼らしい整然とした美しさがあった。

手にした離婚届の下部に、ぽつりとしみのようなものがある。

なんだろうと指を伸ばし、手の甲に何かが落ちてきた。

――ああ、わたしの涙だ。いけない。文字の上に落ちたら、インクがにじんじゃう。

優笑は慌てて離婚届をシェルフに置いた。深山家のオープンシェルフは、マンションを購入した際に俊輔がこだわって注文したガラス製の造り付けだ。白いすりガラスの地球儀《ちきゅうぎ》や、二人の結婚披露宴の写真、結婚祝いにもらったガリレオ温度計や、海外のファッション誌などが並んでいる。

ガラス素材のものが多いため、あまり手を触れて汚さないよう、いつも気をつけてきた。けれど、このときばかりはそんなことを考える余裕もなかった。優笑はシェルフのガラス板に手を載せて、ぐっと涙をこらえる。それでもぽつりぽつりと、ガラスの上に涙が落ちた。スリッパの足の甲にも涙のしずくは小さく円を作り、次第に視界がにじんで何もかもがぼやけていく。

離婚届をわたされた時点で、わかっていた。

離婚するということは、他人に戻るということ。

だが、白紙の離婚届はどこか現実味がなかった。優笑が記入しようとしたときも、それを俊輔がほんとうに提出するかどうかはわからなかったし、彼が名前を書かなければ提出できないと頭のどこかで思ってもいた。

——だけど、違うんだ。これは現実で、俊輔さんはほんとうに離婚をしようとしているんだ。

自分の愚かさに、優笑はそのままフローリングにへたりこみ、両手で顔を覆って泣いた。嗚《お》咽《えつ》を漏らさず、喉を詰めて泣くのは慣れている。幼いころから、姉に言われてきた。泣けば許されるわけがないでしょう、泣いたほうがかわいそうに見えるとでも思っているの、その泣き声がうるさいからますます気分が悪くなる、と。

肘までしたたる涙で両腕がぐっしょり濡れてから、優笑は小さく鼻をすすって立ち上がった。泣いたところで、何も変わらない。

——これ以上、俊輔さんに迷惑をかけないように。ちゃんとしよう。

洗面所で顔と手を洗い、冷たいアイマスクで腫《は》れた目元を落ち着かせる。自室でベッドに横たわっていると、つい彼の書いた離婚届のことばかり考えてしまった。そうするとまた涙がこぼれる。これではいつまで経っても目の腫れがひかない。

仕方なく、優笑は思考を封じるために何かほかのことを考えようとした。が、これといっていい案も浮かばず、最終的に羊が一匹、羊が二匹、と羊をかぞえはじめる。頭の中で、羊が柵《さく》を跳び越えていく姿を懸命に思い描いた。大きな羊、小さな羊、少しふっくらした羊、顔だけが真っ黒の羊、ぐるりと巻いたツノが立派な羊。様々な羊を思い描き、かぞえた羊は七百を超えた。

もしかしたら、途中で少し眠っていたのかもしれない。

それでも、一時間以上ベッドで目を冷やして、腫れはだいぶ引いた。

いつものエプロンをつけて、キッチンに立つ。俊輔が帰ってきたときのために、食事のしたくと風呂掃除をしておかなくては。

――離婚届を提出するまでは、まだ俊輔さんのために家事をするくらいは許されるはずだから……。


その日の夜遅く、具体的には日付が変わって二時間が過ぎたころに、俊輔は帰宅した。

優笑はリビングのソファに座って彼を待っていたが、帰宅の直前に眠ってしまったらしい。気づいたときには、彼がそっと優笑の頭を撫でていた。

――えっ、な、なんで？　どうしよう、わたし、寝ちゃったの？

夫を出迎えるつもりが、それすらままならないとは情けない。こんな姿を姉に見られたらおおごとだ。

「……こんなところで寝ていたら、風邪をひくよ。それとも、俺を待っていてくれたのか」

目を開けられないまま、優笑は彼の声に耳を澄ます。俊輔の声は、不思議だ。やわらかくて優しくて、かといって女性的なわけではなく、中性的ともまた違い、ただ心の奥のほうにするりと入ってくる声質をしている。

「SNSで遅くなるって連絡しておいたんだけど、未読のまま、か」

そういえば、姉にスマートフォンを奪われたままだ。取りに帰るには、通帳を持っていかなければいけない。手ぶらで帰れば、きっと家族は怒るだろう。

――それに、離婚の際に俊輔さんからお金を取ろうとするに決まってる。それだけはいやだ。俊輔さんにお金をせびるなんて、絶対にやめてほしい。

「仕方ないな」

彼のその言葉と同時に、優笑の体が宙に浮いた。一瞬身を固くしたが、彼が自分を抱き上げてくれたのだとわかり、寝たふりを続ける。起きていると言ってもいいのだが、今彼の顔を見たら、きっと泣いてしまう。声を聞いているだけでも、泣きたくなるのだ。

初めて彼に抱かれた喜びと、彼が記入した離婚届の衝撃は、どちらもいまだ強く優笑の心を揺さぶっている。

だから、きっと俊輔の顔を見たら冷静ではいられない。嘘をつくのは悪いことだけれど、今だけは寝たふりをしていよう。そう思ったとき、

「それで、優笑は俺にお姫さま抱っこで運ばれたかったたから狸寝《たぬき》入りをしてるって思っていいのかな？」

「えっ……」

彼にはすでにバレていたことが判明し、優笑は反射的に目を開けた。

スーツ姿の俊輔は、前髪が少し乱れている。帰宅してすぐに髪を崩すのは、彼のクセだ。

「ご、ごめんなさい、あの……」

「いいよ。優笑を抱き上げるくらい、いくらでも。もしこのまま寝たふりを続けていたら、ベッドで眠り姫ごっこでもしてみようかと思ったけどね」

「っっ……！」

彼が何を考えているのかわからない。わからないのに、キスを暗示するような言葉に、頬と胸が熱くなる。

もしかしたら、俊輔にとっては結婚も離婚も大差ないのだろうか。政略結婚のようなものなら、なおさらだ。妻は優笑でなくとも良かったのだろうし、優笑と結婚したからにはきちんと夫として優しくしてくれる。そして、離婚届を提出するそのときまで、妻として扱ってくれる、ということ。

「でも、起きちゃったから残念だけどここまで」

優笑の部屋の前で、俊輔が宝物を扱うように優笑の体を下ろした。

「体はつらくない？　無理なら、明日は仕事を休んでもかまわないよ」

唐突な質問に、彼が破瓜の痛みについて言及していると気づくと、優笑はうつむいて体の前で両手をぎゅっと握りしめた。

「だ、だいじょうぶです。あの、ぜんぜん平気ですので、仕事はできると思います……」

「そう？」

ほんとうは、まだ彼のものが中に入っているような異物感がある。脚を閉じていても、しっかり閉じ合わせていないような奇妙な感覚も消えない。とはいえ、そんなことを俊輔に言うのは恥ずかしかった。

「痛くないのはいいことだけど、あのときはあんなに俺にすがりついてくれた優笑が、他人行儀にぜんぜん平気なんて言うのは少し寂しいね」

「俊輔さん……っ⁉」

ぽんと頭を撫でられて、優笑は目を白黒させながら彼を見上げた。

「ああ、こういうふうに言われるのは恥ずかしいか。ごめん、ついきみがかわいくて」

「しっ……仕事は、きちんとします。後任の方に引き継ぎもありますし！」

「うん、そうだね。だけど無理はしないように。……無理させたのは、俺だけど」

「俊輔さんっ‼」

またも恥ずかしいことを言われて、両頬を真っ赤に染め、彼を軽く睨みつける。

「そういう顔、初めて見せてくれた。少しは距離が縮んだのかもしれないな」

「……そう、かもしれません。でも――」

言わなくてはいけないこと。優笑は、それに気づいていた。

――わたしが、俊輔さんを好きだと言ったから、彼はそういう行為をすると決めたのかもしれない。

離婚を前提としたふたりが、今になって夫婦の契《ちぎ》りを結ぶのは理由がなければおかしな話だ。

その理由が、どんなに考えても思いつかない。唯一可能性が感じられるのは、優笑が水族館で言ってしまった言葉である。

『わたしは、この二年間幸せでした。かたちだけの夫婦でも、俊輔さんが夫で嬉しかったです。わたしは、俊輔さんのことが好きだったので』

――だから、わたしのせいなんだ。

「俊輔さん、ごめんなさい」

優笑は深く腰を折り、頭を下げた。

「どうしたの、優笑」

「わたしが、好きだなんて言ったから気を遣わせてしまったんじゃないでしょうか。そのせいで、俊輔さんはさっさと離婚しようとしていたのに、わたしに思い出をくれるためにあんなことを……」

「……は？」

拍子抜けした声に、おそるおそる顔を上げる。

「きみは、そんなふうに思っていたのか？」

美しい顔に苦悩をにじませ、俊輔が眉根を寄せた。懊悩《おうのう》する表情にすら見とれてしまうだなんて、こんなときに自分は何を考えているのだろう。

「離婚届、記入されているの見ました。早めに書きます」

「……ああ、うん。俺の言い方が悪いんだろう。それはわかってる。だけどね、優笑」

「はい」

「俺は、別れるために女を抱いたことなんて、人生で一度もない」

言い終えると、彼は優笑の返事を待たずにリビングへと歩いていった。

その背中は、追いかけることも問いかけることも許さないと言っているような気がして。

――じゃあ、どうしてわたしを抱いてくれたんですか……？

優笑は一晩中、ベッドの中で考え続けることになった。

第三章　ほんとうの恋ならよかったのに

「——じゃあ、彼女にお願いしようか。菅谷《すがや》さん」

「かしこまりました」

俊輔が手にした履歴書を差し出してくる。それを受け取り、優笑は証明写真を見つめて息を止めた。

あの夜が終わって、ふたりの関係が何か変わることを心のどこかで期待していたけれど、社内でのふたりはいつもどおりのままだった。当たり前だとわかっている。ならば、自宅での過ごし方が変わるだろうか。

結果からいうならば、翌日は何事もなく一日が終わった。

翌々日、優笑は俊輔の秘書として仕事をこなし、後任として採用された菅谷晴子《はるこ》に通知を送付した。

晴子は応募者の中で、いちばん落ち着いた雰囲気の女性だ。愛想笑いをせず、銀縁《ぎんぶち》のメガネと遊びの少ないアップヘアがクールな印象を与える。優笑の目には、いかにも仕事のできる人物と映った。だから、晴子が採用されたとき、心の中で少しだけ嬉しい気持ちになったのを覚えている。

彼女なら、きっと俊輔の仕事を支えてくれるだろうと思えた。その事実が、チクリと胸に痛い。

自分が至らないことはわかっていて、それでも努力してきたつもりだった。結婚生活が終わると同時に、秘書としての優笑も不要だと言われてしまうと、努力が足りなかったのだと肩が落ちる。

素晴らしい人材を見つけられた喜びと、自分を必要としてもらえない悲しみ。

同時にふたつの気持ちを胸に、優笑はつとめていつもの自分を演じることに徹《てっ》した。

「そういえば、優笑の携帯はお義姉さんが持っているんだっけ」

「はい。仕事用は別なので困りませんが……」

唐突な俊輔の言葉に、優笑は小さくうなずく。

プライベートのスマホがないのは、さして困らなかった。

考えてみれば、優笑には個人的に連絡を取る友人がいない。友人と外出することをよしとしない家庭で育ったせいか、学校生活には困らない程度の人間関係は築けたけれど、親友という単語に縁遠い人生だ。

ときに寂しく思うこともあったけれど、優笑を心配してくれる家族が決めたことなのだから、逆らうことはなかった。今まで、自分の感情を家族の考えより優先したことはない。それが当たり前だと言われて育ち、優笑は疑問を覚えることなく暮らしてきた。

――だけど、俊輔さんにお金を無心するのだけは絶対に阻止しなくちゃ。

両親と姉がいかに機嫌を損ねるかなど、考えるまでもなくわかっている。

父の会社の危機だという現実を前に、助けを求める気持ちも想像できる。

しかし、たとえ離婚が前提でなくとも、優笑は俊輔の財をもって田津原の実家を救ってもらうのは違う、と強く感じていた。

――お父さんもお母さんもお姉ちゃんも、俊輔さんがお金を出すのが当然みたいに言っていたけれど、それはほんとうに普通のことなのかな……

そう考えたとき、優笑はふと自分が普通という指針《ししん》を持っていないことに気づく。両親の、姉の言うことに従うのがかつての優笑の普通だった。だが、それは社会における普通と違うことも少なくない。そういった場合、他者に迷惑をかけないかぎり、優笑は家族の望むとおりに振る舞ってきた。そうしなければ、自分の居場所がなくなることを知っていた。

――居場所がなくなる、だなんて。わたしったら、なんて大げさなことを考えているんだろう。家族は家族なんだもの。わたしのためを思ってくれているのに。

ほんとうに？　と、頭のどこかで声がする。

優笑のためを思ってくれる家族が、離婚を申し出た俊輔に慰謝料を払えと言うのだろうか。

たしかに、優笑はなんのとりえもない。この先、ひとりで生きていくために生活の基盤となる金銭的な支えが必要だと父が考える可能性はある。けれど、彼らは俊輔が離婚を言い出さなくとも父の会社のために援助をすべきだと考えていたはずだ。そして、俊輔がもし慰謝料を支払ったところで、そのすべてが優笑ではなく田津原興産に使われるのは火を見るより明らかだ。

——何かがおかしい。そもそも慰謝料なんて俊輔さんには支払う義務がないもの。わたし、俊輔さんに謝られる理由がないし、結婚してからずっと幸せで……

「優笑?」

「は、はい!」

彼の声に、はっと我に返る。仕事中だというのに、ぼんやり考えごとをしていただなんて恥ずかしい。

「どうしたの。もしかして、体がまだつらい?」

「っっ……! ち、違います……っ」

彼に抱かれた夜から、二日が過ぎている。

昨日は、一日中脚の間に違和感があったものの、今日はそれも感じなくなった。

ただ、ふたりの間に起こった一夜かぎりの特別な出来事について、俊輔も優笑も語ることはなかったのだ。

「顔が赤いよ。無理をしているんじゃないか?」

椅子から立ち上がった俊輔が、長い脚で数歩の距離を詰める。目の前に立つ夫は、そっと優笑の頬に手を添えた。

「これはその、そういうことではなくて、あの……」

「知ってるよ」

軽く膝を曲げ、彼が目線を合わせてくる。

「──あの夜のことを思い出してくれたんだね」

「俊輔さんっ」

頬がかあっと熱くなるのが、自分でもわかった。否定しようにも、この顔を見たら彼も気づいてしまう。

俊輔の言葉が引き金になり、あのときの彼の声や表情が一瞬で脳裏によみがえった。

──こんなの、恥ずかしすぎる！

「み、見ないでください。わたし、今、ひどい顔を……」

クリアファイルに挟んだ履歴書を胸に、優笑は背を向ける。

「そういうところもかわいいのに」

ぽん、と軽く頭を撫でて、俊輔がデスクのほうに歩いていくのがわかった。

なぜだろう。胸のどこかに、寂しさが疼く。自分から背を向けておいて、もっと彼に困らせてほしかっただなんて、おかしなことを考えている。

――わたしたちには、それが普通だった。ずっと同じマンションで暮らしてきたけれど、寝室は別だったし、キスだってしたことがなかった。いわゆる仮面夫婦だったんだから。

それでも、二年間ずっとそうして暮らしてきたのだ。特別寂しいと思う必要はない。そう、頭ではわかっているけれど、仕事中はまだしも自宅マンションで「それじゃ、おやすみ」と言われるとき、少しだけ胸が痛くなる。

離れることが決まっているのだ。彼は優笑の父の会社が傾いていることも、結婚前から知っていたと言ったではないか。今さら、体の関係になったからといって考えが変わるわけではない。

――だから、知られないままに終わったほうがいいんだ。もっと好きになったなんて、俊輔さんにとってわたしの気持ちは重荷《おもに》でしかないんだもの。

何事もないのは、表面だけの話。

優笑の内面は、以前とはまったく違ってしまっている。

出会ったときより、結婚する前より、そして抱かれる以前よりも――もっと、彼に恋をしてしまった。

離婚が決まってからいっそう好きになるだなんて、あまりに報《むく》われない想いだろう。それでも、恋い慕う気持ちをとめる術《すべ》はない。

この気持ちは、知られてはいけないものだから。

――心の中で好きでいるだけなら、自由ですか……？

†　†　†

そして何事もなく一週間は過ぎていく。

金曜の夜、俊輔は兄の洋輔に誘われて飲みに出かけた。優笑にも声をかけてくれたが、洋輔の妻が同席しないと聞いて自分も遠慮することにした。

俊輔が用事で一緒に帰れない日は、今までもひとりで電車に乗って帰るのが普通だったので、当然その日も駅に向かって歩いていたのだが――いつもどおりに帰宅はできなかった。

駅に向かう大通りの歩道を、うつむきがちに歩く。右、左、右、と交互にパンプスのつま先が地面を前へ前へと進んでいくのを見ていると、なぜか安心するのだ。小学生のころからのクセだった。

世界は広く、都心にはたくさん人がいる。その中で、自分がひとりぼっちに感じるのは、実際にひとりでいるときではない。雑踏や駅のホーム、見知らぬ人々に囲まれているときに、優笑は孤独を痛感することが多い。だから、自分の足先だけを見ていると、少しだけ安心できる。

「優笑」

不意に声をかけられ、ハッと足を止める。その声を聞き間違えることはない。顔を上げるよりも先にわかっていた。

「……お姉ちゃん」

どうしてここに、なんて無粋なことを言ったら、姉の機嫌を損ねる。だから、優笑は呼びかけるだけで言葉の続きを呑み込んだ。

姉は海外の有名ブランドのバッグを肩に、華やかなスーツ姿で優笑を見下ろす。もとより姉のほうが長身だが、パンプスのヒールがさらに身長差を広げている。

「スマホ、わたしに預けたままなのに連絡もしてこないのね。それに、お父さんの会社への援助はどうなったの？」

「それは……」

スマホを預けているというのは語弊《ごへい》がある。実際には強奪《ごうだつ》されたも同然だ。だが、こちらから連絡しなかったのは優笑の不手際《ふてぎわ》だと認めざるを得ない。スマートフォンがなくとも、アナログな分厚い住所録に姉の自宅連絡先も携帯番号も書き込んであるのだから、連絡できないわけではないのだ。

「ごめんなさい」

だが、優笑は結局「ごめんなさい」しか言えなかった。

——こういうところが、ますますお姉ちゃんの気分を悪くする。わかってるのに、どうしてわたしはちゃんとできないいんだろう。

いつもと違い、優美はそこで苛立《いらだ》ちを見せることはなかった。バッグに手を入れるのを見て、反射的に肩がびくっと震える。何かされるわけでもないとわかっていて、それでも不安になるのだ。

「まあいいわ。これ、持ってきてあげたわよ」

「あ、ありがとう……！」

差し出されたのは、優笑のスマートフォンだった。わざわざ持ってきてくれたのに、失礼な態度を取ってしまったかもしれない。優笑は両手でスマホを受け取ろうとして、パンッと手を払われる。

「……え、あの……」

「今日、俊輔さんに日中連絡をしたの。お父さんの会社のこと、優笑から何も聞いてないと言っていたけれど、どういうことかしら？」

優笑が通帳を持って帰らなかったことなど、姉や両親にとってはたいした問題ではなかった。彼らが求めている金額は、優笑の貯金高ではまかなえない。

「それは、俊輔さんには迷惑をかけられないから、その……」

「離婚するんでしょう？　俊輔さんならこちらが離婚に反対すれば、相応の金額を払ってくれるに決まっているじゃないの。慰謝料をもらうよう、先日も言われたはずよね。それとも、お父さんの会社が潰れてもいいの？」

「……」

言いたいことはあるのだが、姉の前に立つと優笑は呼吸が苦しくなる。

「優笑ったら、昔からすぐ黙り込んでしまうんだもの。ほんとうに困ったものだわ」

急に姉の口調がやわらかくなり、何が起こったのかと顔を上げた。すると、女性ふたりがすぐそばを歩いていくのが見えた。人前で、優美が優笑を怒鳴《どな》ることはない。それだから、誰からも優しくて妹思いの姉だと称賛《しょうさん》される。

姉のそういう部分――つまり、自分の前でだけ本心で話してくれるところを、優笑は信頼されているからだと思ってきた。妹だからこそ、本音で接してくれる。友人では指摘しにくいことも、しっかり注意してくれる。だが、そう思うようになったのは、姉がそう優笑に説明したからかもしれない。

――だけど、わたし、昔お姉ちゃんに嫌われているんじゃないかって思っていた時期があったような……？

姉が自分を嫌うはずなどない、と頭ではわかっている。けれど、一瞬心に隙間ができた。なぜそう思ったのかもわからないが、優笑は優美に嫌われていたような記憶がある。

「あ、ねえさっきのきれいな人が持ってたバッグ見た？」

通り過ぎていった女性たちの声が聞こえてくる。

「見た見た、あれ、Cuore e mare《クオーレ エ マーレ》の新作だよね」

「いいなあ、バッグ一個で三十万！」

「うちらみたいな凡人には縁がないよ」

Cuore e mare《クオーレ エ マーレ》は、俊輔がファッション通販サイト『カナエックス』で販売し、国内で人気を博したブランドだ。『カナエックス』ではかなりの高額商品で、当初は見向きもされなかった。それが、海外セレブが愛用していることが一時期一斉にファッション誌に取り沙汰された。そのタイミングで、『カナエックス』は期間限定のアンテナショップを全国十箇所に設置し、Cuore e mare《クオーレ エ マーレ》のゴージャスなドレスや靴《くつ》、バッグを気軽に試着できる場所を作った。

「お姉ちゃん、そのバッグ……」

「そう、Cuore e mare《クオーレ エ マーレ》の新作よ」

姉がブランド品を好むのはいつものことなので驚きはしない。ただ、姉の夫である各務は、国内でも歴史ある各務カバン店の御曹司だ。義兄といるときには、姉は各務カバンの最高級品を使っている。あくまで、義兄と同席するときのみだ。

――もしかして……

優笑が懸念したのは、以前から優美に各務カバンの商品を買い取りを要求されている件である。

姉は、義兄から贈られた各務カバンのバッグを優笑に定価より少し安い価格で売りつけては、ほかのブランドのバッグを買う。そして、義兄と出かけるときに必要になると優笑に該当《がいとう》するバッグを持って来させていた。

各務の家は決してお金に困っているわけではない。優美は裕福な暮らしをしている。だが、ことバッグに関しては自社製品を妻に贈る夫が、海外ブランドのバッグを買うことを良しとしないのである。そのため、優美は優笑に各務カバンの商品を売りつけ、その金でほかのブランドのバッグを買う。

「これ、買っちゃったから夫がくれたバッグを優笑に譲ってあげようと思って」

「え、でも、わたしの預金はお父さんの会社に……」

「その前に、バッグを買えばいいでしょう?」

一度は優笑の手を払った姉だったが、今度は媚《こ》びるような手付きでスマホを手渡してくる。

スマホの上から両手で優笑の手をぎゅっと握り、姉があでやかに微笑む。

「ねえ、優笑。いつだってそうしてきたわよね?」

「う、うん……」

スマートフォンを返すのは、バッグの買い取りを拒ませないための布石でしかない。優笑にも、それがわかっていた。しかし、わかっているからといって断ることなどできないのだ。

「でも、今は手持ちがあまりなくて」

「いいわよ。バッグは駅のコインロッカーに入れてあるの。俊輔さんが今日は都合悪いと言っていたから、どうせ優笑はひとりで家に帰されるんだろうと思って、ここで待っていてあげたんですもの。ほんとうはお店で待っていたかったけれど、優笑ったらスマホを取りに来ないから連絡もつかないでしょう？」

「あ……、待たせてごめんなさい」

新作のバッグは、夏を感じさせる鮮やかなスカイブルー。

姉はそのバッグを大事そうに肩にかけ直し、駅への道を歩きはじめた。

――これですんで良かった。

帰宅後、姉に各務カバンのハンドバッグとショルダーバッグの料金を支払うと、優美はもう用はないとばかりにすぐコンシェルジュデスクにタクシーを手配させた。長居しないでくれたことを安心するだなんて、姉に対して失礼だとわかっている。

――でも、離婚についてまたいろいろ言われるのはちょっとつらいから……

リビングがやけに広く感じて、優笑はさっさとバスルームへ逃げ込んだ。

メイクを落としながら、ウォークインクローゼットの一画を占める各務カバンのラインナップにため息をつく。

姉は、わかっているのだろうか。

優笑が俊輔と離婚したら、もう優美のバッグを買い取ることはできない。彼のお金を使っているわけではないが、彼の会社からもらった給与で買い取っているのだ。離婚し、仕事も辞《や》めることになったら――

「……そうなったら、わたしはお姉ちゃんにとって用無しになるのかな」

最初から当てにしていないと言われそうな気もするが、誰かにとって無価値な人間だと思われることが優笑は怖かった。

――俊輔さんにとって、もうわたしは無価値なんだ。

ウォークインクローゼットに座り込み、天井を見上げる。

そうしないと、涙がこぼれてしまいそうだった。

両親や姉の期待にこたえられないとき、いつだって優笑は不安でたまらなくなる。だが、それよりも今は、自分が俊輔にとってなんの価値もない存在だという事実が苦しい。

――もし、もしもお父さんの会社がこんなふうになっていなかったら、俊輔さんはもっとわたしと夫婦でいてくれたの？　それとも、家のことは関係なくわたしが不要になった？　わたしがいたらないから、わたしが、俊輔さんの望むようにできないから……

考えるほどに胸がずきずきと痛む。

同時に、優笑は思い出した。

俊輔と結婚してから、家の中で不安に怯えることがなくなったのだということを。

実家では、自室にいてもいつも何かをおそれていた。それは、唐突に訪れる嵐のような姉の怒りであり、姉の不興《ふきよう》を買ったことで母親から叱責《しっせき》されることであり、父に落胆されることだった。

俊輔は、違う。

優笑が彼のために何かをすることを、最初から求めていなかった。ただそばにいて、優しく微笑んでくれた。それだけで、どんなに気持ちがラクになっていたかを、優笑は今さらながら実感する。

——絶対に、俊輔さんからお金をむしり取るようなことはさせない。お父さんにもお姉ちゃんにも、わたしがちゃんとそれを言わなきゃ。

ぐっと右手を握りしめると、突然背後で物音がする。

驚きつつも振り返れば、腕組みをして目元を緩ませた夫の姿があった。

「優笑、そんなところで何しているのかな」

「えっ、あ、俊輔さん、おかえりなさい」

入り口に軽く手をかけて、俊輔がこちらを見つめている。クローゼットに座り込む自分の姿は、さぞ滑稽だっただろう。

——ヘンな顔、してたかもしれない！

「ちょっとバッグの整理をしていたら、疲れてしまって……」

ごまかすように言いながら立ち上がると、俊輔が優笑の左手首をつかんだ。

「じゃあ、目が赤いのは疲れているせい？」

彼がじっと目を覗き込んでくる。知り合って何年経っても、その美しい顔立ちに胸がひどく高鳴った。今もそうだ。こんな至近距離で俊輔と目が合っている。その状況に、優笑の心臓は早鐘《はやがね》を打つ。


「しゅ……集中しすぎてしまったんです。それより、俊輔さん、早かったんですね」

兄の洋輔と食事に行ったにしては、ずいぶん早い帰宅だ。

「うん、父のほうで急な事案が入ってね。兄も駆り出されたんだ」

——政治家ってやっぱり大変なんだな。

「そういえば今日、お義姉さんから電話があったよ」

「はい、聞いています。お仕事中に申し訳ありません」

「謝られることじゃない。お義父さんの会社については、俺も考えているから」

心配しないで、と彼が微笑む。

さっきまで高鳴っていた心臓が、今はきりきりと締めつけられるように痛い。彼が優しい人なのは知っている。けれど、これから離婚する妻の実家のために労力や金を使わせるのは申し訳ない。

「いえ、それについてはわたしのほうできちんと話します。俊輔さんは気にしないでください」

はっきりとそう告げると、俊輔が少々驚いたように目を丸くした。

いつもうつむきがちで、自分の意見を言わない優笑が態度を変えたことが原因かもしれない。

「まあ、それはそれとして、夕飯にしないか？　予約していた寿司屋《すしや》をキャンセルするのも気まずくてね。折り詰めにしてもらってきたんだ」

俊輔は話の矛先を変えると、軽く首をかしげる。

食事をせずに帰宅したのなら、空腹なのだろう。

「はい、じゃあお吸い物と簡単なサラダを用意しますね」

「ありがとう、優笑」

そう言いつつ、俊輔は優笑の手首をつかんだままでいる。振り払うわけにもいかず、かといって理由もわからず、優笑は自分の手首と俊輔の顔を交互に見た。

彼は、そんな優笑をただ見つめている。優しい瞳に射貫かれると、離婚のことや実家のこと、姉のことなど、すべて忘れてしまいそうになった。

「あの……？」

当惑気味に声をかけるも、俊輔からの返事はない。じっと見つめられていると、妙に胸が騒がしくなる。

――わたし、どこかヘン？　もしかして、さっき泣きそうになったせいでメイクが崩れてるとか？　ううん、そんなわけない。だってその前にメイクは落として……

うろたえている間、俊輔は黙ってこちらを見ているだけだった。

不意に、思う。

いつも彼は、優笑が不安になる前に言葉をくれた。結婚前――出会ったときから、ずっとそうだ。話し上手でもない優笑の言葉をスムーズな会話に導いてくれる。言葉数が特に多いわけではないのに、どこか安心感を与えてくれる人。

そうでないときには、優笑の返事を静かに待っていてくれた。急かすのではない優しい沈黙が、居心地よく感じられる。

――わたしは、それにずっと甘えていたんだ。

ざわざわしていた胸の内が、すうっと冷えていく。

それは、俊輔が自分と離婚しようと思ったきっかけのひとつに思えた。優笑は、自分の足で立っていない。深山俊輔の妻という立場に甘んじ、彼の会社で働き、彼の優しさを当たり前のように受け取っていたのだから。

「……当然、ですよね」

「何が?」

「な、なんでもないです。俊輔さん、わたしキッチンに行くので……」

「待って、優笑。何が当然なのか、ちゃんと聞きたい」

「俊輔さんに甘えてばかりいました。自立した女性ではなく、あなたに寄りかかって、迷惑をかけて――」

「妻が夫に寄りかかって、何が悪いのかぜんぜんわからないんだけど」

「だって、だから離婚を……」

言いかけた言葉を、ぐっと喉の奥に閉じ込めた。

余計なことを言って、彼の気分を害してどうするつもりだろう。自分でも自分が情けない。

「優笑、続きを言って」

「いえ、夕食にしましょう？　おなか減ってますよね」

「優笑！」

つかまれた手に力がこもる。優笑は反射的に「痛っ」と小さく声をあげた。

同時にぱっと手を放されて、手首に少し寂しさを覚える。

「ごめん、つい」

「わたしのほうこそ、大げさにごめんなさい」

「どうして優笑が謝るの。きみはほんとうに――」

そこで俊輔が言葉を区切る。続きを待っていると、急に彼の顔が近づいた。

――キス、される。

ぎゅっと目を閉じたが、二秒、三秒、待っても唇は重ならない。

そうなると、今度はキスを期待して目を閉じた自分が恥ずかしくなる。優笑が躊躇《ちゅうちょ》しながら目を開けると、そのタイミングを見計らったように俊輔が唇を塞いだ。

いたずら好きの子どものような目をして、彼が笑う。それでいて大人の男の色気が目尻ににじんでいる。

「油断した？」

「っっ……！」

ずるい、と思った。こんなふうに終わりを目前にして、ますます彼を好きにさせるだなんてずるい。こんなに自分ばかりがドキドキしていることを、俊輔はわかっていてやっているのだろうか。

「さっき、嘘をついたでしょう。だから、今のはささやかな仕返しだよ」

「え……？」

「集中しすぎたって、嘘だよね。優笑、泣いていたんじゃないのか？」

そっと後頭部に手を回され、抱き寄せられる。心臓が壊れそうなほどに早鐘を打っていた。見抜かれてしまうのが怖いのに、彼がわかってくれることに安堵する自分もいる。これが甘えだとわかりながら、優笑はこの優しい人に頼りたくなってしまうのだ。

「泣いて……ないです」

「そう？」

「……ちょっと、泣きそうだったかもしれないけど、泣いてはないです。ほんとうに」

もしも、出会いが見合いでなかったら——と考えることがある。互いの家や家族、そういったしがらみがなければ、普通の夫婦になれただろうか。だが、そう考えるたび、すぐにありえないと思う。政略結婚でもなければ、彼は自分を選んだりしない。

だから、これは彼にとっては恋や愛ではなかったのだ。

優笑には初恋で、俊輔にはいずれ忘れてしまう短い結婚生活でしかなかった。

――ほんとうの恋ならよかった。俊輔さんと普通に出会って、普通に恋ができたらよかったのに。

叶うはずのない願いを胸に、優笑は両手で軽く俊輔の体を押しやる。

「お寿司、おいしいうちにいただきましょう？」

「そうだね。着替えてくるよ」

俊輔は寝室のウォークインクローゼットへ向かい、優笑はキッチンへ歩き出す。それがまるで、近い将来ばらばらの道を進むことを暗示しているような気がして、出汁《だし》をとる間もひどく胃のあたりが重かった。

†　†　†

離婚しようと決意したのは、今年の正月のこと。

俊輔が社長を務めるカナエインターナショナルは、母方の祖父から継いだとはいえ新しい会社だ。古くから伝統ある企業のような正月行事はない。だから、年始は優笑とふたりで過ごす。双方の実家に挨拶はするが、その程度だ。

そもそも、俊輔が優笑と結婚しようと決めたのは彼女を家族から引き離し、自由にするのが目的だった。自由になったそのあとで、彼女に自分を選んでもらいたい。家族という枷《かせ》をつけた優笑には、選択という概念すらなかったからだ。

この現代日本で、親の決めた相手との縁談を受け入れる十七歳の女子がどのくらいいるだろう。反発して当然の事態を、優笑は何事もなく受け入れた。それは、彼女が自分で選ぶことを忘れてしまった——とうに諦めてしまっていたせいだ。

まだ高校生だった婚約当時の優笑に、一度だけ尋ねたことがある。『将来の夢はなんですか?』と。

そのくらいの年齢なら、まだ夢に夢見ていてもおかしくない。少なくとも、何かしらの憧れ程度はあって普通だと思った。たとえそれが、一生遊んで暮らしたいとか、永遠の夏休みとか、そんな怠惰な希望だったとしても、何かはあると考えていたのだ。

しかし、優笑の返答は『人に迷惑をかけない人生』だった。

優笑の姉である優美が同席していたその場所で、優笑はうつむいてそう言った。

「いやだわ、優笑ったら。俊輔さん、誤解しないでくださいね。決して優笑が、いつも人様に迷惑をかけているということではないんですよ」

優笑とは対照的に、自信にあふれた表情で優美が口を開く。

「この子、以前に水族館の飼育員になりたいだなんて口走ったことがあって、父にひどく叱られたんです。お恥ずかしい話ですが、父が優笑を思う気持ちをこの子ったらまだわかっていなくて」

――なぜ、水族館の飼育員になりたいと言っただけで叱られなければいけないんだ？

彼女が水族館を好んで――そして、逃げ場にしていたことを、俊輔は知っている。あの青い空間で、優笑は今にも水に溶けて消えてしまいそうなほど儚げだった。

「田津原の家に生まれて、肉体労働をしたいだなんて言うのは、優笑だけでしたもの」

「そうでしたか」

愛想笑いで追従すると、優美は満足げにうなずいた。それを見て、俊輔が心底嫌悪したことなど相手は知るまい。

「お姉ちゃん、その話はもう……」

「もう諦めたんだものね、優笑。あなたは俊輔さんの妻になって、夫を支えて生きていくのが今の夢でしょう？　人に迷惑をかけないだけではなく、もっと生産性の高い将来を考えなくてはいけないわ」

「……はい」

か弱く、彼女が微笑む。

俊輔が相手を見下して笑みを浮かべるのとは違い、優笑はすべてをあきらめているがゆえ笑顔を見せるのだ。そのことに気づいて、俊輔は思った。

結婚するだけでは、足りない。

彼女がほんとうに自由になるための道を模索《もさく》しなければ、きっと支配者が変わるだけで、優笑はいつまでも隷属《れいぞく》し続ける、と。

――どうしたら、彼女を自由にしてあげられるんだろうか。そして、自由になった彼女に俺と恋をしてもらう方法は……

結婚後も、俊輔はそのことを考え続けた。

本来ならば社長夫人である優笑に外で仕事をする必要などない。けれど、あえて彼女には秘書業務に就いてもらった。そうすることで、自分で稼いだ金で自由に買い物をする喜びや、労働による達成感を知ってほしいと思ったのだ。残念なことに、その程度の自由では優笑が田津原家で生きてきた二十二年を覆《くつがえ》すことはできなかった。

そして、今年の正月にテレビで水族館の特集をしているのを見た優笑が、幸せそうに目を細めているのを見たとき、俊輔は離婚を提案すると決意した。

この二年間、彼女を抱かずにいたのは優笑が自分を選んでくれるまで、男として待つと誓っていたからだ。

結婚したからセックスをして子作りしなければいけないだなんて、そこに優笑の意志がなければあまりに虚《むな》しい。彼女を愛しているからこそ、心のない行為では満たされないと思った。とはいえ、恋した女と結婚して手を出さずに過ごす二年は俊輔にとってもなかなか試練の日々だった。

優笑だって、夫から相手にされないことに不安があるかもしれない。もしも彼女が自分から、なぜそういう行為をしないのかと尋ねてくれたなら、そのときには考えを改める準備もあった。いや、それどころか彼女が求めてくれたなら、胸に秘めた思いの丈《たけ》を伝えて、ほんとうの夫婦になりたいと願っていた。

残念ながら、優笑は夫婦間にあるそんな当たり前のことさえ求めず、良き妻良きパートナーとして公私ともに俊輔を支えてくれた。外から見れば完璧な夫婦だ。

だからこそ、彼女を愛するがゆえに離婚を提案した。優笑が離婚したくないと思ってくれればいい。できることなら、その気持ちを言葉で聞きたい。

——もし、離婚することになったとしても、それはあくまで両家の決めた結婚を解消するだけだ。俺は何度だって優笑にプロポーズするし、彼女以外の女性なんて考えられない。

家と家のための契約による結婚ならば、契約離婚をしたところで問題ないはずだ。そして、日本の民法は離婚したふたりの再婚を禁じてなどいない。だから、離婚することで優笑に自由を手にし、自由意志によって自分を選んでもらいたいとさえ思った。

この生活は、本来彼女が求めた幸せではない。

それが俊輔の心に小さな棘《とげ》のように刺さっている。家族の言うなりになって、相手が自分でなかったとしても、彼女は結婚したことだろう。

あの日、水槽の中で泳ぐマンボウを見つめる彼女は、まるで自分も水槽の中に閉じ込められているような表情をしていた。水槽が田津原の家族から俊輔に変わったところで、優笑はいつも閉じ込められたままなのだ。彼女自身がそのことに気づいて、自分に自由な選択肢があると気づくまで外からの声は届かない。

現実は水族館ではないし、優笑の行動を制限する水槽もない。何を与えられても、何を奪われても、彼女はただ自分の置かれた環境に従属する。それが俊輔にはもどかしかった。

だから、彼女の場所を作ろうと決めた。

同時に、彼女のために俊輔が作る場所もまた、新しい水槽でしかないと知った。ならば、その水槽を作ると同時に俊輔が優笑を手放せばいい。たとえ水槽でしかなくとも、そこに泳ぐ魚が海だと思えばそこは海だ。優笑のために、海を作る。

──自由になった彼女と、何度でも恋をする。何度でも愛を乞う。愛しくてかわいらしくて、誰かの感情に敏感になりすぎたゆえにひどく鈍感になってしまった優笑に。

せっかく手を出さずにいた野獣に、彼女は許しの言葉を与えてしまったのだから。

『わたしは、この二年間幸せでした。かたちだけの夫婦でも、俊輔さんが夫で嬉しかったです。

わたしは、俊輔さんのことが好きだったので』

過去形で語られた告白に、俊輔が何も思わないはずがない。

その『好き』が、強いられた環境下における彼女の勘違いでもかまわないから、優笑を抱きたくてたまらなかった。抱きたくて抱きたくて、気が狂いそうなほどに彼女を恋い慕った日々。何も知らない優笑は、俊輔の欲望を白く細い指先で促《うなが》した。

――抱いたからには、もう絶対に逃がさない。今度は過去形ではなく、好きだと言ってもらう。

離婚届に記入を済ませたのは、最後の賭けだ。

彼女が署名をし、勝手に役所に持っていけばふたりの関係は社会的に終了する。

本音では、優笑を手放す気などないくせに、俊輔は離婚についての見解を撤回しなかった。自分だけが彼女を愛して、自分だけが結婚生活を維持したいと思ったままでは、もう足りないのだ。優笑のほうから「離婚したくない」と言わせたい。愛しているからこそ、優笑からも本気の愛情がほしかった。

それなのに、彼女は今夜も悲しいほどに残酷な優しさで微笑む。

「あの……ごめんなさい、俊輔さん」

折り詰めの寿司をふたり向かい合って食べながら、優笑がそっと箸《はし》を置いた。

大きなダイニングテーブルにたったふたり、彼女の用意してくれた吸い物から薄く湯気が立ちのぼる。

「何を謝ってくれているのかわからないな」

「離婚するとわかっていて、わたしが俊輔さんを好きだったと言ったせいで、その……あんなふうに、俊輔さんを追い詰めてしまったのかな、と……」

快楽に馴染ませて、彼女を奪ったのは自分のほうだ。それなのに、優笑は俊輔を追い詰めたと思い込んでいる。

——別れるために女を抱いたりしないと言ったはずなんだがな。

「それは違うよ」

俊輔の返事に、優笑がおずおずと顔を上げた。

「だって優笑は、俺が優笑の告白を哀れんでセックスしたと思っているんだろ？」

「っ……、た、端的に言えばそういうこと、です」

言葉を選んだ彼女と反対に、俊輔はあえて直接的な単語を使う。それで赤面する優笑が愛しい。愛しくて愛しくて、ときどき泣かせてしまいたくなる。どんなに想っても、彼女には届かない。彼女の言う『好き』は、『好きにならなければいけない』と同義だと知っている。

「……もっと、きちんと教えないといけないいな」

「何を、ですか？」

「うん、あとで教えるよ。あとでね」

食事を終えて、食休みをして、そのあとで。

俊輔は昏《くら》く甘い欲望を噛み締め、寿司の味などほとんどわからなかった。

†　†　†

結婚までの二十二年間、優笑は実家で暮らしてきた。田津原家は渋谷区の少しはずれたところに、一軒家を構えている。なので、俊輔と結婚して初めてマンション暮らしになったのだが、戸建てと違いマンションそのものに様々なサービスがあることに驚いた。コンシェルジュサービスは、ホテルと大差ないほどだ。

しかし、さらに驚いたのはバスルームである。

高層マンションゆえにできることなのだが、バスルームには幅二メートルほどの大きな窓があった。そこからスカイツリーが見える。キラキラと輝く都心の明かりを見下ろす窓は、外から誰かに見られることはないとわかっていても、なんだか緊張したものだ。

乳白色のとろりと美しい大理石のバスタブに顎先まで沈めて、優笑は窓の外の景色を見るともなしに見つめる。天然の大理石を使っているのは、俊輔の好みで入居前にバスルームを全面改装したからだ。お湯を張っていないときは、どこかひんやりとするバスタブだが、入浴中はそのやわらかみのある手触りが心地よい。

「ああ、気持ちいい……」

優笑はお風呂が好きだ。考えてみれば、水族館といいバスルームといい、水のある場所を好む傾向があるのかもしれない。現実と少し距離を置いて、水越しに見る世界は屈折率が違う。自分が自分から切り離される、幻想的な感覚。

――そういえば、きちんと教えるって、なんの話だったんだろう?

食後、コーヒーを飲んで小一時間ほど、俊輔は新聞を読んでいた。優笑も明日の朝食の下ごしらえをし、姉からのSNSのトークに少し気力を奪われた。

書かれていたのは、離婚するのなら必ず慰謝料をもらうこと、その半額を出戻りの優笑を受け入れる実家に、残りの半額を妹が離婚するという世間体の悪さで気まずい思いをする姉に支払うこと、慰謝料の最低金額などだ。優笑自身、俊輔からはこれまでたくさんのものをもらった。それは具体的なプレゼントということではなく、彼といることで得られる安心が主だ。

――こんなにもらっているのに、わたしは何を返せたかな。わたしは、俊輔さんに何かできたのかな。

とぷん、と湯の中に深く潜って、優笑は右手を湯面の向こうに突き出す。見上げた視界に、揺らぐ自分の手の影。バスタブの中に閉じ込められたようなこの体勢が、優笑は好きだ。

右手は何もつかまない。

けれど、たしかにそこにあって、水の中から抜け出そうとしているようにも見える。

――水槽の中にいるみたい……

アクリルの壁はないけれど、優笑は水中で天井を見上げてそう思った。ここが水槽だとしたら、飼育員は俊輔だろうか。彼はずいぶんよくしてくれた。これまで一緒に過ごした時間、優笑はちゃんと幸せだった。だから、自分のすべきことはわかっている。

好きだから、離婚届に記入をするのだ。

彼は優笑を自由にすると言っていたけれど、優笑は俊輔に自由を取り戻すため捺印《なついん》する。

――ああ、このままお湯に溶けてしまえたらいいのに。気持ちいい。このまま、世界が止まってしまったらどんなにいいだろうな。

わかっていても寂しくて、垂直に伸ばした手をきゅっと握りしめる。何もつかまないはずのその手が、刹那、びくっと震えた。

「っっ……!?　な、なんで……っ」

ザバッと大きく水を掻く素振りで顔を出すと、そこには俊輔が立っている。そして、優笑の右手を握っているではないか。

「なんでだなんて、こっちのセリフだよ。優笑、いったい何をしているの？　シンクロナイズドスイミングの練習？」

「あ、いえ、その……」

「バスタブで溺れていたわけではないよね？」

「違います。す……」

「す?」

「……好きなんです」

お湯の中に沈み込んで、揺らぐ世界を見つめるのが――

言葉足らずの優笑を見下ろして、俊輔が洗い場に片膝をつく。彼の衣服が濡れるのが心配だったが、優笑は俊輔の笑顔に釘付《くぎづ》けになってしまった。今にも蕩けそうな、彼の表情。

「そう、か」

――こんな表情をする人だったんだ。

二年、一緒に暮らしてきたのに知らなかった。

美しい彫刻のような横顔ばかり見てきた気がする。彼があまりに完璧に思えて、自分と同じ人間だなんて考えもしなかった。

「優笑、顔が赤いよ。のぼせたんじゃないかな」

心配そうな指先が、優笑の頬に触れる。その瞬間、ハッと体を引いた。

触れられたら、心まで彼に知られてしまう。そんな気がして。

「優笑?」

「っっ……、俊輔さんの服が濡れますから!」

――だから、さわらないで。心の中を読まないで。

拒絶というより、これ以上彼を好きになるのが怖くて逃げただけだった。

けれど、彼は優笑に届かなかった指先を持て余すように宙に浮かせている。失礼な態度をとってしまったのだろうか。

「おいで、体を洗ってあげる」

「え？　いえ、自分で洗えますから！」

「駄目だよ。俺が洗いたいんだ。かわいい奥さんをね」

有無を言わせぬ彼の言葉に、優笑は左腕で胸元を隠そうとした。

しかし、それより先に俊輔はつかんだ右手を引き上げる。それに抗う術もなく、優笑はバスタブの中で立ち上がった。

――は、恥ずかしい……っ‼

今さら隠したところで、彼はすでに優笑の体を知っている。頭ではわかっていても、バスルームで自分だけ全裸のまま、俊輔の目に裸体をさらすことには羞恥心を隠しきれない。

そんな優笑の戸惑いをよそに、たっぷりと泡だてた手で、俊輔が優しく背中を撫でてくる。くすぐったさと恥ずかしさを同時に感じながら、優笑はバスルームの壁に体の前面を押し付けた。

「そんなに緊張しなくていいよ。優笑、背中は自分で届かないだろう？　だから、俺が洗っているだけなんだから」

「で、でも……っ」

逃げ場のない格好で、優笑は彼の手から少しでも逃れようとつま先立ちになる。背を洗われているだけだと頭でわかっていても、体がガクガクと震え始めていた。

──こんなの、おかしいよ。俊輔さん……

「きれいな体だ。背骨がすっとまっすぐで──」

体の輪郭をたしかめるような彼の指に、びくんと背がしなる。

大きな手で背中を撫でられ、愛でられ、優笑はだんだんと自分の呼吸が速まっていくのを感じた。

彼は厚意で体を洗ってくれているのに、おかしな気分になるだなんていけない。これは、いやらしいことではなく普段自分では届かない背中を洗ってもらっている。それだけのこと──必死にそう言い聞かせ、優笑は喉の奥に力を込めた。ともすれば、彼の指が触れるだけで甘い声が漏れてしまう。それを懸念したのだ。

「だけど、少し細すぎるかな。こんなに華奢だと、心配になるよ。ほら、ここも」

「きゃっ……っ」

脇腹を撫でた手が、泡ですべる。あっと思ったときには、彼の両手が乳房を覆うように包んでいた。

「や……っ……！」

優笑は反射的に体を強く壁に押し付ける。すると、俊輔の手のひらに乳房を押し当てる格好になっていた。

「優笑、そんなにしたら手が抜けないよ？」

「だ、だって、俊輔さんが……っ」

「俺が？」

背の高い俊輔が、優笑の耳元に顔を近づけてくる。

吐息が耳殻をかすめ、体の奥のほうから甘い疼きが湧き上がった。

「俺が、わざと優笑の胸を揉んだと思った？」

かすれた声に、首筋が粟《あわ》立《だ》つ。優笑は震えながら、首を左右に振った。

「そう、わざとじゃないって思ってくれたんだ？　泡ですべったせいだからって？」

「そ……そう、ですよね……？」

「さあ、どうかな？」

いたずらな手のひらが、胸の中心を起点にして回るように動く。お湯の中であたたまった優笑の体に比べて、彼の手のひらは少しだけ冷たく感じた。

「あ、あっ……、やぁ……」

屹立しかけた先端を優しく刺激されると、声がこらえられなくなる。

「ねえ、優笑。わざとじゃないなんて、どうして思ったの？」

「だって、俊輔さんは紳士的で、優しくて……っ」

全身がびくびくと震え、優笑は懸命に言葉を紡いだ。

「紳士的で優しいふりをしていただけかもしれないよ。ほら、こうしてわざと優笑の胸を弄《いじ》っているだろう?」

指先が胸の先をつまむ。けれど、泡のせいですぐに彼の指はすべってしまう。そのたび、俊輔は何度も何度も優笑の乳首をつまみあげ、根元をコリコリと転がした。

「や……ダメ、ダメです、こんな……っ」

「感じているのにいやがるなんてかわいいな」

「俊輔さ……あ、あっ……」

もう、立っていられない。

優笑は泣き声にも似た甘い声で、彼の名前を呼んだ。

「ここじゃ……ダメです。ほんとうに、もう……っ」

「そうだね。ここじゃまずい。だけどきみの声がよすぎて、もっといろんなところを洗ってあげたくなる」

「っっ……!」

火を噴きそうなほどに真っ赤になった顔で、優笑は首をよじって俊輔を見上げる。

彼は薄く微笑むと、優笑の汗ばんだひたいにキスをした。

眠る彼女は、出会ったころと同じくらい無垢《むく》に見える。

俊輔は腕の中の優笑を見つめて、小さく息を吐いた。

ほんとうは、あのまま彼女の二度目を奪うつもりだった。二度目どころか、三度四度と抱いたところで足りないのはわかっている。あまりにかわいらしい優笑は、俊輔を欲情させる天才かもしれない。

だが、バスルームで泡まみれの彼女を愛ですぎた結果、妻はのぼせたようになってしまい、俊輔は急いで優笑の体をシャワーで流す羽目になった。

自業自得といえばそれまでの、なんとも満たされない夜。

「なのに、おかしいよな」

声に出してつぶやくと、優笑の薄いまぶたがぴくんとかすかに震えた。

リビングのソファに抱いて運び、ミネラルウォーターを飲ませたあと、彼女は俊輔の腕に抱かれて目を閉じていた。しばらくすると、頬の赤みは消えて寝息が聞こえはじめる。

疑うことを知らない子どものように、優笑は俊輔の腕の中で眠ってしまったのだ。

正直に言えば、肉体的には満足していない。それなのに、心は満たされている。その複雑な心境に、俊輔はもう一度「まったくおかしい」とひとりごちた。

ある意味で、優笑の純真さを作ったのがあの歪んだ家族だということを俊輔は知っている。彼女から自由を奪い、選択を取り上げ、言いなりのマリオネットに仕立て上げたのだ。その結果、優笑は他人を疑うことのないまま大人になったのだろう。

――疑わないように仕向けなければ、優笑は両親やあの姉の言葉を鵜呑《うの》みにするほど愚かじゃない。そうなることで、彼女は自分の心を守るようになった。それなのに、俺は優笑の危うい無垢さにさえ愛しさを覚える。

いつまでもソファにいるわけにはいかず、俊輔は優笑を抱き上げて自分の寝室へ運ぶことにした。

バスローブを着せた細い体は、糸の切れたマリオネットのように俊輔にゆだねられている。その重みが、今はただ愛しい。愛しくてたまらない。

「ん……、俊輔、さ……」

「心配いらないよ。俺が優笑を守るから」

寝言に返事をすると、腕の中の妻は幸せそうに微笑んだ。

† † †

目を開けたとき、優笑は俊輔のベッドの上にいた。

――えっ、ど、どうして……⁉

はだけたバスローブの胸元をおさえ、あたりを見回す。しかし、ベッドの持ち主の姿はそこにはない。

昨晩は、バスルームに俊輔が入ってきて、それから――

彼の手の感触を思い出し、寝起きの頭に血が上っていく。

ベッドの上で恥ずかしさに悶《もだ》えていると、寝室のドアが開く音がした。

「あれ、優笑、起きた？　おはよう」

「……っ、おはようございます……っ」

ひと呼吸置いたつもりが、息を呑んだようになってしまう。たかがこの程度のことでいちいち焦って、年上の俊輔にすれば面倒に思われはしないだろうか。そんな気持ちが、顔に出た。

「どうしたの。なんか、つらそうな顔してるね」

「ぜんぜん、つらくないです」

昨晩、彼に触れられたときに嬉しいと思う自分がいた。俊輔がどんな気持ちなのか、どうして自分に触れるのか、気になる自分もいた。そして、理由がなんであれ幸せだと思い、同時に愛情がないならば触れないでほしいと思う自分もいて。

「優笑は素直でかわいいよ」

俊輔は、そう言って困ったように微笑む。

――ほんとうに、そうだったらよかったのにな。

彼の美しすぎる笑みを前に、胸がずきんと痛んだ。

「かわいくないです」

「そう？　どうしてそう思うの？」

「だって、わたしは……」

何もできないと、ずっと言われてきた。

きょうだいに比べて劣っていることを、ことあるごとに言い聞かされてきた。

そんな自分が悲しかったし、恥ずかしかった。かわいく、美しく、あるいは優れた存在だったなら、もっと、もっと――

もっと、愛されたのではないだろうか。

「ごめん。俺のほうが間違っていたね」

「え……？」

ベッドに腰をおろした俊輔が、バスローブの肩を手のひらで包み込む。

布越しのぬくもりが、肌にじわりと染み込んでくる気がした。

「素直でも、素直じゃなくても、優笑はかわいい」

そっと抱き寄せられた体がせつなくて、けれどそれは悲しみとは違うことを優笑はもう知っている。

　恋をすると、嬉しくても悲しくても胸が締めつけられるのだ。感情が動く。心が、その人のほうに向く。

「土曜だから混んでるかもしれないけど、一緒に出かけよう」

「……はい」

　消えそうに小さな返事を、俊輔は嬉しそうな笑い声で受け止めてくれた。


　近所のカフェでブランチを済ませると、俊輔は横浜方面に車を走らせる。

「あの、俊輔さん」

「うん？」

　運転の邪魔をしないよう、タイミングを見計らって優笑は彼に呼びかけた。

　――ちゃんと言わなきゃ。

　昨晩、なあなあに終わってしまった会話を脳内で手繰り寄せ、言葉を懸命に選ぶ。誰でもない、彼にだけどうしても伝えたいことがあるのだ。

「父の会社のことなんですけど、もしわたしの実家から何か言われても、援助をしないでください」

　遠回しにならないよう、なるべく誤解のない言い方で。

「珍しいね。優笑が、そんなにはっきり言うなんて」

だが、彼は軽やかな笑い声でまっすぐに前を見たまま口角を上げた。

「だけど、田津原のご両親は俺にとっても義理の父と母だ。まして、結婚前からその経営状況については認識していたんだから、放っておくわけにはいかないよ」

俊輔には俊輔なりの理由があるのだろう。

いつもの優笑なら、きっとそう言われたら引き下がっていた。いや、そもそも自分から彼に余計な口出しをすることさえしていなかったかもしれない。

しかし、今日の優笑には強い気持ちがあった。

「駄目なんです。離婚……するのに、俊輔さんがわたしの父に援助をするなんて、おかしいことなんです」

「それが経営者としての俺の判断だとしたら？」

「……経営者としてなら、ましてありえない判断です」

俊輔のもとで働くようになって、優笑にもわかってきたことがある。

父と俊輔は、同じ経営者といってもまったく方針が違う。もちろん、十人十色《じゅうにんといろ》というとおり、経営者にも様々なタイプがいるだろう。だが、外から見た父はフィクションに出てくる悪役のような振る舞いの人物だ。対して俊輔は、容貌だけではなく仕事の手際も清廉《せいれん》な印象がある。

「田津原興産は、父のワンマン経営です。今のカナエックスが出資する価値はありません」

「ふむ。秘書としての意見だね」

「秘書としてなら、余計な口出しです。でも、わたしは……」

——あなたの妻だから、と言うには、わたしはぜんぜん俊輔さんの妻らしくない。

白いワンピースの布地をぎゅっと握りしめ、優笑は唇を噛んだ。

「ねえ、優笑」

遠くに観覧車《かんらんしゃ》が見える。優笑は顔を上げて、運転席の俊輔に目を向けた。

「俺たちには無限の可能性と時間があるけれど、それは永遠に続くものじゃないんだ。もしかしたら、一分後に事故にあうことだってある。人間って、いつ終わりが来るかわからない」

唐突な彼の言葉に、ただうなずくしかできない。

「結婚していたって、どんなに近くにいたって、この一瞬が大事だと思うときがある」

「はい」

「だからね、今日はきみがしたいことだけをしよう。お義父さんの会社の件は、今日話さなくてもいい。それよりもっと、俺たちは話さなきゃいけないことがあるんじゃないかって思うんだ」

——話さなければいけないこと……？

当惑に押し黙る優笑だったが、俊輔が軽く肩をすくめるのを見て、それが離婚についての話ではないというのは察した。少なくとも、彼は面倒な話をしたいわけではないのだろう。

「つまり、今日したいことは今日しなきゃいけないし、俺たちは夫婦だけどデートに来てるんだから、もっと甘えてくれてもいいんじゃないかなってこと」

「甘える、って、え、えっと……?」

「デートって、そういうものだと思うんだけどどう?」

いわゆるデートのイメージは、たしかに彼の言うとおり。恋人同士が幸せそうに笑いあい、楽しい時間を共有するものだ。

——それって、結婚していてもデートって呼ぶのかな。だけど、そういう意味ではわたし、デートらしきものってこの間の水族館くらいしか知らないし……

「ということで、俺は動物園に行きたいなと思ってる。優笑は水族館のほうが好きかもしれないけど——」

「動物園も好きですっ!」

彼の語尾に重ねるようにして、優笑は勢い込んだ。実際、動物園も大好きなのだ。らしくもない自分の大きな声に、今さら恥ずかしくなる。赤らんだ頬を手でおさえ、いつもの「ごめんなさい」を言おうとした、そのとき。

「あはは、いいね。そういうの、そういうふうに、気持ちを言ってよ。一緒に動物園、楽しめそうで嬉しいからさ」

この上なく心地よい笑い声とともに、俊輔がそう言った。

広い動物園を歩くのは、小学生の遠足のような高揚感《こうよう》がある。

仕事中とは違うカジュアルな服装の俊輔が、「次はあっち」「今度は向こう」と手を引いてくれるから、ますます優笑の心臓は騒がしい。

「優笑、足は痛くない？　疲れてきたら休憩しよう」

「だいじょうぶです。俊輔さんこそ、毎日お仕事で疲れてるのにいいんですか？」

「少なくとも、きみよりは体力があるつもりだったんだけど、心配されるのは情けないなあ。俺って、頼りなく見える？」

わざとらしく肩を落とした彼が、大きなため息をつく。

「そういうことじゃなく、あの、俊輔さんは細身だけど筋肉質だし、ぜんぜん頼りないだなんて思ってなくて……っ」

慌てて否定した優笑に、「ふむ、それから？」と彼がいたずらっ子のような目をして尋ねた。

「っっ……、今のわざとですね？」

「そうだよ。優笑が俺の体をどう魅力的に表現してくれるか聞いてみたかった」

「しゅ……っ、俊輔さん、今日はいじわるです……」

普段の彼とは違う、と思う。同時に自分もいつもと違うことに、優笑は気づいていなかった。

開放的な青空の下、手をつないで歩く動物園が特別な時間をくれる。彼が少年のように振る舞うたび、優笑も自由になっていくのだ。あるいは、この幸せに終わりがあるからこそ、こんな時間を過ごすことができるのかもしれない。

「夕飯のあとはどうする？」

動物園を出ると、彼は電話で食事の予約を入れてから尋ねてくる。

「どう、って……」

「もう疲れたから帰りたいとか、横浜でしたいことがあるとか」

――わたしより、運転する俊輔さんのほうが疲れているはずだ。

「あ、ちなみに俺は疲れてません。優笑はすぐ、人の心配をするから先に言っておくよ」

冗談めかした言い回しで、けれど彼は優しく目を細める。

「……観覧車」

「ん？」

「あの大きな観覧車に乗ってみたい、です」

来る途中に見た、大観覧車を思い出す。今日という日が、まだ終わってほしくなかった。もっとずっと、俊輔と一緒にいたい。観覧車は、ゆっくりと回る。その間、彼を独り占めできる気がして、優笑は小さな声で希望を口にした。

「うん、じゃあそうしよう。優笑と一緒に観覧車に乗るのは楽しそうだね」

「ありがとうございます、俊輔さん」

食事を終えるころには、横浜の空はとっぷりと夜の帳《とばり》が下りていた。うっすらと雲がかかって、星はあまり見えない。

遠くから見るより、観覧車は近づくほどにその大きさで優笑を圧倒する。大観覧車の存在は知っていたし、テレビや雑誌の特集を見たこともあったけれど、目の前にするとこんなにも大きいとは驚きだった。

ふたりを乗せたゴンドラが、ゆらりゆらりと上空へ移動していく。優笑は窓に顔を寄せて、じっと景色を心に刻《きざ》み込んでいた。

「……きれい……」

見つめる視線の先に、数え切れないほどの明かりがにじんでいく。空へ近づくほどに見下ろす横浜の美しさに胸が痛くなる。

——一生、忘れたくない。俊輔さんと一緒に動物園に行ったこと、観覧車に乗ったこと。終わらないでほしいと願ったところで、時間を止める方法はない。だからこそ、優笑はこの幸せが終わるのが怖かった。

「きれいって言いながら、どうして優笑はそんなに泣きそうな顔をしているのかな」

正面に座った俊輔が、それこそ泣きたくなるほどきれいな顔で微笑む。

「どうしてでしょう。きれいすぎて、悲しくなったのかもしれません」

「優笑は、ときどき泣き虫だね。それもかわいいけれど」

「そんなこと……」

「そんなこと、ある」

俊輔がそう言って、小さく笑うのがわかった。

窓についていた優笑の手を、彼がそっと包み込む。今日はずっと手をつないでいたのに、まだ彼に触れられるだけでどくんと心臓が跳ねた。

きっと、慣れる日なんて来ない。

いつだって、彼の隣にいられるだけで、その手に触れられるだけで、声を聞くだけで、優笑の心は俊輔に恋を重ねていくのだ。

「悲しくなることなんてないよ。怖がらないで、誰もきみを傷つけたりしない」

「……はい」

終わりが近いとわかっているからこそ、彼の優しさがいっそう心にしみる気がした。

——俊輔さんは、優しすぎます。これじゃ、もっと好きになっちゃうのに。

「もうすぐ、てっぺんですね」

「うん」

「そうしたら、あとは下りていくだけ。やっぱり、ちょっとだけ寂しくなります」

薄く涙のにじんだ目を細めて、優笑は俊輔を見つめた。

　彼を困らせたいわけではない。今日一日、一緒にいてくれるだけでも嬉しい。それなのに、そばにいればどんどんよくばりになってしまう。もっと彼と一緒にいたい。もっともっと彼といろんなところへ行きたい。もっともっと、もっと、この人に近づきたい――

「おいで」

　俊輔が優笑の手を引いた。

「え……」

「こっちにおいで、優笑」

　向かい合わせに座っていた優笑を、彼が優しく引き寄せる。膝の間に座らされて、優笑は戸惑いがちに彼を見上げた。

「あと半分で終わりだと思わなくていいんだ。まだ半分もあるんだから」

「まだ、半分も……」

　唇が甘く塞がれて、観覧車からの景色が一瞬でまぶたの裏側に閉じ込められる。

　――息、できない……

「ん、んん……っ」

「いい子だね。ほら、どこにいたって何も変わらない。優笑は俺の腕の中だ」

　大きな手のひらが優笑の膝を優しく撫でた。そして、ゆっくりと左右の膝が割られていく。

「俊輔さ……っ、あ、だ、ダメですっ！」

「だいじょうぶ、目を閉じていて。優笑は、俺に全部ゆだねてくれればいいから」

言われるまま目を閉じるには、あまりに刺激的な状況だ。

「だいじょうぶじゃ、な……あ、あっ、ダメっ！」

俊輔が太ももの間に指先をすべりこませた。

「ほら、だいじょうぶだったでしょう?」

鼓膜を直接震わせるような、甘い声音。優しい指先が肌を這う感覚に、優笑は震えながら首を横に振る。

「こんなところで、だ、ダメ、ほんとうに……」

「誰も見てない。だって今、俺たちはふたりきりだ」

下着のふちから、彼の指が優笑の亀裂を縦になぞった。

「ひ、ぁ、あっ！」

ただそれだけの刺激だというのに、体が一瞬で熱くなる。耳の裏がぞくりと甘い予感に震え、優笑は腰を浮かせそうになった。

「どうしようもなくかわいいな、きみは」

——こんなの、ぜんぜんかわいくなんかないのに……！

しなやかな指が、布越しに秘めた部分をなぞっていく。最初はかすめるように、次第に力を込めて。

気がつけば、俊輔の指は下着の中に入り込み、優笑に直接触れていた。

「濡れてきたね。優笑、気持ちいい？」

長い指を、自分の体からあふれた蜜が濡らしている。そのことが恥ずかしくて、申し訳なくて、優笑は泣きそうな声で「ごめんなさい」と言った。

「どうして謝るのかわからない。気持ちよくないってこと？」

違う、と心が叫ぶ。

気持ちよくなってしまう自分を、侘《わ》びているのだ。

「わたし、こんな……ダメって言って、感じてしまって……ご、ごめんなさ……」

息が乱れているせいで、声が途切れる。それはいっそうみだらに、ゴンドラの中に響いた。

「それは謝ることじゃないけど、かわいいからもっと聞かせて」

「ゃ……、ぁ、あっ……」

ぬちゅ、と体の中から淫靡な水音が聞こえてくる。

俊輔の指が、蜜口に突き立てられるのがわかった。

「すごいね、締めつけられてるよ。優笑、気持ちいいって言ってくれる？」

「ん、んんっ……、いい、の。気持ち、ぃ……っ」

濡襞をひとつひとつ確認するような丁寧な動きで、俊輔の指が優笑の感じるところを探っていく。彼に触れられたところは、どこもかしこも感じてしまうのに。

「顔、上げて。キスしよう、優笑」

快楽は甘く理性を蕩けさせる。

優笑は彼の声に従い、キスに目を閉じた。

「ん……っ……、ん、ぅ……」

――何、これ？　わたし、ヘンだ。何か、おかしくなってしまいそう。

浅瀬を指腹で撫でられるうちに、優笑の体にはそれまで感じたことのない悦びが生まれていた。

快感の果てへとゆっくり追いやられるその感覚に、腰が勝手に揺らぎはじめる。俊輔の指をもっと味わいたいと、隘路がはしたなく収斂していた。

「イキそう、だね」

「イ……く？　これ、が……？　あ、あっ……」

「うん、イキそうみたいだ。かわいいなあ、ほんとうに。このまま、今すぐイカせてしまいたい。それで俺のを奥まで――」

蜜口が咥えているのは俊輔の欲望そのものではなく、指だ。

わかっているのに、まるで彼に貫かれているような錯覚に陥る。

――もう、もうダメ。わたし、もう……！

今にも達してしまう、その瞬間。

優笑の中から、俊輔の指が抜き取られた。

「ぁ……っ……！　や、どうして……」

物欲しげな自分の声に、優笑はぱっと顔を背ける。まるで、彼の与える快楽を欲するように
——いや、実際、欲していた。もう目の前まで迫った絶頂を取り上げられ、体はもどかしさに
ひどく敏感になっている。

「残念だけど、もう地上についてしまうみたいだね」

先ほどまでの行為をまったく感じさせない、爽やかな笑顔で彼がそう言った。

優笑はもじもじと太ももをこすり合わせ、自分の体に訪れかけていた悦びに追いすがる。しかし、そうしているうちに観覧車の一周が終わった。

腰が砕けたようになり、うまく立てない優笑を、俊輔が支えてくれる。

「……そんなに良かった？」

耳元で囁《ささや》かれた問いかけに、優笑は何も言えずにきゅっと目を閉じた。


帰り道の間、何を話していたのか思い出せない。体の奥にともった火が、じりじりと優笑の内側を焦がす。

——どうして、こんなふうになってしまったの？　わたしの体は、どこかおかしいの？

やっとのことで自宅マンションにたどり着いたものの、優笑には自分の体に残る熾火《おきび》を慰め

る方法がわからなかった。

「優笑、今日はありがとう。楽しかった」

「わたしも、楽しかったです。ありがとうございます」

うつむきがちに返事をしつつ、わずかに残っていた期待が打ち砕かれるような気持ちになる。

もしかしたら、と思っていた。家についたら、彼は続きをしてくれるのではないだろうか。

俊輔も、あれだけでは満たされなかったのではないだろうか。そうあってほしいとさえ願った。

けれど、彼は平然と微笑んでいる。

優笑の中でくすぶる欲求になど、気づいてほしくない。こんなふうに思っているのを知られるなんて、恥ずかしいにもほどがある。

「お風呂の準備、しますね」

熱いお湯に浸《つ》かれば、気もまぎれるかもしれない。そんな一縷《いちる》の望みをかけて、優笑はキッチンの給湯リモコンに向かって歩き出そうとした。

「待って」

「あっ……ん！」

手首をつかまれた、ただそれだけで、自分でも信じられないような甘いあえぎ声がこぼれる。

一瞬で鎖骨まで赤く染まり、優笑は醜態を恥じた。

「待って、優笑」

「や……やだ、離してくださ……」

「ほんとうに、離してほしい？」

すべてを見透かしたような声が、一時間も前につけられた火に薪《まき》をくべる。

──離してほしくなんかない。もっと俊輔さんに触れてほしい。もっと俊輔さんを感じたい。

だが、それは初心者の優笑にはあまりに高まりすぎた感情だ。そのまま口に出すのは難しい。

涙目で見上げた彼は、少しだけ困ったように眉尻を下げた。

「ごめん、ちょっといじわるだった。昨晩の仕返しのつもりだったんだけど」

「仕返し……？」

「優笑が抱きたくてどうしようもないのに、きみの寝顔を見つめるだけだった俺の気持ち、わからなかったよね？」

唇が一音《いちおん》を紡ぐたび、キスで塞いでしまえたらいいのにと思う。自分からキスしたら、彼はどんな顔をするだろうか。

「優笑が感じてくれて、ほんとうに嬉しい。だから、観覧車じゃないけれど続きをさせてくれる？」

「は……い……」

返事がキスに呑み込まれ、ふたりはもつれるようにリビングのソファに倒れ込んだ。ベッドまで行く余裕すらなくなっていた。

濡れた下着を、いつ脱がされたのかわからない。

ワンピースを引き下ろされ、いつもはくつろぐソファの上で裸体をさらしながら、優笑は必死に俊輔の与える佚楽《いつらく》に追いつこうとする。

「ぁ、っ……、あ、ああ、あ！」

ソファの背もたれに体をあずけていなければ、そのままのけぞって倒れてしまっただろう。

柔肉の間《あわい》を往復する彼の舌に、何度も甘いあえぎをあげる。それでも足りない。まだ足りない。

「いやらしい声だね、優笑。そんなに感じる？」

舌先で花芽をあやす俊輔が、淫靡な笑みを浮かべた。

「こんなの知らない……っ、こんな、おかしくなっちゃう……っ」

「いい返事。もっと気持ちよくなろうか」

彼の唾液なのか、それとも自分からあふれたものなのか。ぷっくりと膨らんだ淫芽が、しとどに濡れている。そこをとがらせた舌先でこすられると、得も言われぬ快感が全身を駆け抜けた。

「ひぅ……っ！」

がくがくと腰を揺らし、優笑は自分の手で口を覆う。そうでもしていなければ、おかしなことを口走ってしまいそうだった。

「こら、声を我慢していいなんて言っていないよ。もっと聞かせて」

「んっ、んーっ……」

フローリングに膝をつき、俊輔がシャツを脱ぐ。肩から肘にかけて隆起したしなやかな筋肉が、快楽の涙でにじんだ目にまぶしい。

「や……ぁっ、もう、もう……っ」

「もう、何?」

達しそうになるたび、彼は愛撫の手を止めた。

ソファの上でみだらに腰を揺らしては、泣きそうな声で彼の名前を呼ぶ。

そんな時間が、どのくらい続いただろうか。もう限界だ、と優笑は思った。これ以上焦らされたら、きっと狂ってしまう。圧縮された快感は、脳髄を痺れさせる。

「俊輔さ……んっ……」

「うん」

ソファで大きく足を開いた優笑を、彼は膝立ちで見上げていた。

こんなときだというのに、俊輔はせつないほどに優しい表情をしている。なぜだろう。その優しさには、わずかばかりの寂しさが感じられるだなんて。

——わたしの、気のせい……?

「ねえ、優笑」

右手がのびてきて、優笑の頬をそっと指の背で撫でる。

「んっ……」

ただそれだけの刺激にすら、快楽の糸がいっそう張り詰めるのを感じた。

「優笑、言ってごらん。何がほしい？　どうしてほしい？」

「わ、わたし……」

ひどく、喉が渇いていた。彼の穏やかな笑みを前にして、自分ばかりが飢《かつ》えている。そんな気がした。

一時間、あるいはもっと長い時間、ひたすらに上り詰める直前まで愛撫され、その果てを許されない甘い煉獄《れんごく》は続いていた。

――わたしは、あなたが……

「俊輔さんが、ほしい……です……っ」

そう言った優笑に、彼が満足げにうなずく。その瞳には、もう寂寥《せきりよう》は見当たらない。

「よく言えたね。いくらでもあげるよ。きみがもういらないと言っても、ね？」

ぐい、と体がソファに横たえられる。それまで余裕そうだったのが嘘のように、彼は優笑を求めてソファの上に膝をついた。

「あ、あ……！」

白い肢体をくねらせ、欲した悦びを前に優笑は小さく怯える。

ほしくてたまらないのに、それが怖い。彼をもっと好きになってしまうのがわかっている。初めて触れられたときよりも、初めて体をつないだ夜よりも、今のほうが俊輔を好きでたまらない。だからこそ、こんなにも体が反応するのだ。彼の愛を求めて、優笑の中から甘い蜜があふれる。それはまるで、ミツバチを誘う花のように。

愛して、愛して、と体が叫んでいた。

好きでいられればいいだなんて嘘だ。自分だけがひそかに想っているだけで満足なんて、できそうにない。

何もかもがほしかった。俊輔のすべてで愛されたい。体も心も満たされたくて、優笑は白い喉をそらす。

――だけど、今は。今だけは……

「ほしい、俊輔さんがほしいです。お願い……っ」

「素直でかわいい。素直じゃないときもかわいい、俺の優笑」

伸ばした両手を、彼がつかんだ。予想と違ったのは、優笑の腕がクロスした格好になったことだ。

「こうすると、優笑はますます身動きがとれなくなるね」

「え……？　あ、あの……」

「もう焦らさないからだいじょうぶ。ほら、ちゃんと脚を開いていて」

しとどに濡れた蜜口に、猛《たけ》る情欲が押し当てられる。

先端が触れただけで、体がその先の快感を予想して甘く震えた。粘膜を押し広げられるあの狂おしさを、優笑の体はすでに覚えてしまっている。

指とは違う質量を思い出し、期待に震える粘膜。俊輔がわずかに腰を押しつけると、蜜口が亀頭を咥えこんだ。

ぬぷ、と内側から音がする。

初めてのときと違うのは、その直後に最奥まで彼の切っ先が届いていたこと。

「ひ、ぁ、あああっ……」

挿入されただけだというのに、全身がびくびくと痙攣《けいれん》する。何より、彼を受け入れた隘路がこれでもかというほどに収斂していた。

「挿《い》れただけでイッてくれるなんて、かわいすぎるよ」

「しゅ……んす、けさ……あ、あっ」

「だけど、まだだよ。まだこれからだ。言っただろう。いくらでもあげるって」

きつく引き絞られた蜜路から、彼のものがぐいと引き抜かれていく。熱い吐息をもらした優笑に、間髪を容れず第二打が叩《たた》きつけられた。

「や、あ、あっ……‼」

「そんなに締めたら動けない。優笑、もっと力を抜いてごらん」

「できな……あ、待って、待ってぇ……！」

動けないと言いながら、俊輔が腰を揺らす。きゅうとすぼまった蜜口が、彼の太い根元を食いしめた。

──前のときより、もっと奥まできてる……！

しばし慣らすように短いストロークで動いていた俊輔が、一息で突き上げるようにして優笑を抉《えぐ》る。それはまさに、抉るというのが正しい。

「ああっ……！　あ、あ、あっ……」

子宮口にめり込む切っ先に、あられもない声をあげて体をくねらせた。

泣きたいほどの快感は、愛する人に抱かれるからこその喜びだ。歓喜の果てを知った体は、達した直後だというのにまたも次の絶頂へと誘われていく。

「やだぁ……、も、ダメ、これ以上、ダメ……っ」

「もういらないと言ってもあげると言ったよ。それに、今夜は我慢なんてできそうにない。優笑が俺に抱かれてイク顔を見て、途中でやめるなんて無理だ」

内臓を押し上げるのではないかと思うほどの激しい打擲《ちようちやく》に、優笑は咽《むせ》び泣きにも似た声をあげた。

加速したかと思えば、奥深くを重点的に突き上げられ、ときに激しくときに優しく、けれど決して終わらない快感を刻まれる。自分の内側が、俊輔のかたちになってしまうのではないかと思った。そうなってほしいと、声に出したかもしれない。

「……しゅ、んすけさ、んっ……」

幾度目かの果てに、優笑は彼の名前を呼んだ。

快楽にかすれた声に重なるのは、淫猥な愛情のにじむ交歓のクレッシェンド。奥深く、彼の昂《たかぶ》りを受け止めながら、優笑は愛しい人を見つめる。

薄くひたいに汗を浮かべ、彼はせつなげに目を伏せていた。

——好き、大好き。好きすぎて、おかしくなる。

「優笑、優笑……っ」

「好き……」

最奥を穿つ俊輔の楔が、びくんと跳ねるのがわかった。先端はいっそう膨らみ、それを優笑に確かめさせるかのように同じ場所を繰り返し突いてくる。

「好き、好きです、俊輔さん……っ」

「言って」

——何を……？

「……したくないって、言って」

「あ、あっ……、も、また、イっ……」

「優笑、言ってよ。俺と――」

びゅく、と体の奥に何かが迸《ほとばし》る感覚があった。

自分の温度とは異なる何か。それが俊輔の放ったものだと、優笑にもすぐにわかる。

「っっ……、あ、あっ、ダメ！　や、中に、出しちゃダメ……」

「まだ離婚はしていない。優笑は俺の妻だよ」

「だって、そんな……、あ、赤ちゃん、できちゃう……っ」

いけないことだと知っているのに、彼に教え込まれた快楽を従順に学んだ体が、まだ俊輔を離したくないと訴えていた。きつく引き絞る隘路が、どくどくと脈を打つ雄槍を咥えこんでいる。

「や……、ぬ、抜いて、もう……」

泣き声で懇願する優笑に、俊輔が大きく息を吐くのが伝わってきた。

そして、次の瞬間。

彼は予想外の行動に出た。

「っっ……!?　な、んで……っ」

性的な知識の薄い優笑ではあるけれど、男性が達した直後にすぐ二度目の行為に及ぶものではないと知っている。だからこそ、一度の行為でじっくりと快楽を感受する。そう思っていた。

しかし、俊輔は続けざまに腰を打ちつけてくる。

「なんでって？　優笑が大事なことを言ってくれないからだよ。だから、もっと素直になるまで抱いて抱いて、俺だけのものにしないといけないね」

「ああ、ァ、や、ああ……っ！」

吐精を攪拌するように、俊輔は優笑の隘路でぐるりと円を描く。切っ先は最奥にあてがったまま、蜜口だけを広げられる動きに頭の中が真っ白になった。

「ダメ、それ、ダメぇ……っ」

臀部からソファにしたたるのは、果たして優笑の蜜か。俊輔の放った白濁か。

「違うよ、優笑。ほしいって言って。俺がほしいと――」

夜は長く、つながる体は淫らに濡れて。

優笑が意識を失うまで、ソファでの淫戯は続いた。優笑が意識を失っても、俊輔は妻の体を穿ち続けた。

†　†　†

「――です。はい。……そうですね。ええ、そのつもりです。なんでしたら、もう少し金額を上乗せしても構いませんよ」

電話の向こうで、相手の声が上《うわ》ずる。

――いい気なものだ。金で買えるものと買えないものの区別さえつかないとは。

声に出さず、俊輔は嘲笑《ちょうしょう》を心にひそめる。

「結構です。それでは、その金額で。書面を準備させますので、来週までお待ちください」

『悪いねえ、俊輔くん。きみは話のわかる男だ』

よほど気分がいいのか、相手の男は一方的に過去の栄光を語り始めた。

「そうでしたか。さすがは田津原社長です。いえ、私のような若輩者にはたいへん勉強になるお話をありがとうございます」

――優笑、もうすぐきみを自由にしてあげる。好きだと言って、もっと言って、そして離婚なんてしたくないと声に出して俺を求めてくれるなら……

朝日の差し込むリビングに、通話のあとで舌打ちの音が響いた。

娘を金蔓《かねづる》程度にしか見ていない、田津原の義父への苛立ちと復讐《ふくしゅう》の幕開けの音――

第四章　この結婚は、ここからが始まりです

菅谷晴子を迎えにビルのエントランスで待っていた優笑は、遠目にも背筋の伸びた彼女を見つけた。

最終面接の際にも、晴子のまっすぐな背中は印象的だった。黒髪をしっかりとアップにし、おくれ毛一本もないうなじや、落ち着いた声音と細い銀色のフレームのメガネ、無駄のないシンプルなスーツも相まって、彼女は優秀でクールな感じがする。

「菅谷さん、おはようございます」

近くまで歩いてきたのを見て、こちらから声をかける。

「おはようございます。菅谷晴子です。本日よりどうぞよろしくお願いいたします」

分度器を当てたくなるような、美しい角度の礼をひとつ。今日から秘書業務の引き継ぎが始まる。

優笑が秘書を辞めるにあたり、社内では妊娠説や専業主婦になる説が出ている——というのは、同期のｗｅｂデザイナーから聞いた。実際のところは俊輔と離婚するから、仕事を辞める

のだ。そのことを知る者は、まだ俊輔と優笑のふたりだけ。

「社長秘書を務めております、深山優笑と申します。社内では、社長との名字の混乱を避けるため、旧姓の田津原を使用しています」

首にかけたＩＤカードを顎の高さまで持ち上げると、それを見て晴子がわずかに眉根を寄せた。

「……田津原さん、ですか」

「はい、田津原です」

――どこかで会ったことが？

表情に出さないよう心がけつつ記憶の引き出しを探るも、晴子の外見や名前に覚えはない。

「あ、それでは行きましょうか。エレベーターはあちらです」

「はい」

来月中旬まで引き継ぎをし、来月末には俊輔の会社を退職する。

――二年間、この会社でいろんなことを学ばせてもらったなあ。

時間は刻一刻と過ぎていく。優笑は、まだ自分が離婚届に署名をしていないことを思い出した。あまり待たせては俊輔に迷惑をかけるだけだ。早く準備をしなくてはいけない――

前職でも秘書業務をしていたというだけあって、菅谷晴子の有能さには目をみはるものがあった。

準備した引き継ぎ期間が半分でも問題ないのではないだろうか。

定時で退社した晴子を見送ったあと、優笑はひとりで自分のデスクに向かう。今日は晴子に時間をかけすぎてしまい、自分の業務が終わっていない。

――とは言っても、わたしのしていることなんてほんとうにたいしたことじゃないけれど。

礼状を書き終えると、今日の最後のメールチェックをする。一応、仕事用のスマートフォンでも社内メールの確認はできるが、会社を出る前に受信しておくのが自分のルールだ。

「あ、辰川百貨店の」

先日、義父の誕生会で辰川百貨店のオーナー夫人に会ったのは記憶に新しい。受信したメールは、辰川百貨店のオンラインショッピング部門担当者からだった。

七月から夏の企画にカナエックスとのコラボレーションが決まっているため、担当者が何度か社のほうに打ち合わせに来ている。何かあったのだろうかとメールを開くと、六月の人事異動で担当替えになる件が記されていた。

あらためて新担当とあいさつに伺いたいとの内容だったため、優笑は俊輔のスケジュールを確認してからメールの下書きを保存して、パソコンの電源を落とす。

今週、俊輔はミラノに出張している。明日帰宅の予定なので、打ち合わせの日程については彼が帰り次第確認をとってメールを送信すればいい。

——七月のコラボのころには、わたしはもうここにいないんだ。

少しだけ感傷的になるけれど、さっさと荷物をまとめて席を立つ。

以前から、海外出張には優笑を同行しないこともあり、マンションにひとりで眠る夜は珍しくなかった。けれど、今回の出張は何かが違う。

大勢の人がいるほうが孤独を感じる、と以前は思っていた。

それは、特別な存在がいなかったからなのだと、今ならわかる。

——俊輔さんがいないと、それがいちばん寂しい。ひとりぼっちの気持ちになるんだ……

主のいない社長室の前を通り過ぎ、優笑はフロアをあとにした。


帰りの電車を降り、最寄り駅から自宅マンションへと歩く途中、優笑は星のない曇《くも》り空を見上げる。

明日は雨になりそうだ。普段は俊輔の車で一緒に出社していたこともあり、彼がいない梅雨は傘《かさ》を忘れないよう心がけている。

——今ごろ、俊輔さんはまだお仕事かな。

彼が帰るまでに離婚届に署名をしようと決意していた。

いつまでも、こんな状態をずるずる引き伸ばすわけにはいかない。今まで二年間、ほんとうに幸せだった。好きだと声に出して伝えてからも、短い期間ではあるけれどほんとうの妻として隣にいられた。

――好きだから、もうこれ以上、迷惑をかけたくない……

父の会社の件を考えれば、一日でも早く離婚すべきだと思う。もしもほんとうに裁判沙汰になった場合、姻戚関係にある俊輔にまで悪い噂が立っては困る。それに、両親や姉が俊輔からの援助を期待しているのを、優笑は何度も電話で断ってきた。

――あれ？　そういえば、俊輔さんが出張に行ってから、実家からの連絡がない気がする。最後に父と電話で話したときには、ずいぶんと怒鳴られた。あれで父が諦めたとは考えにくいが、どうなったのだろう。できることなら、田津原の家族が俊輔に直接連絡をしないよう、自分が防波堤《ぼうはてい》にならなくては――

部屋の鍵を開けると、優笑は後ろ手にドアを閉めて玄関で大きなため息をついた。暗い廊下に照明をつけ、パンプスを履いたまま、その場にしゃがみ込む。

なんだか、今日はひどく疲れた。

いつもと違う一日だったというのもあるけれど、それだけなのだろうか。疲れているのが体なのか心なのかもわからない。ただ、疲れている。

広いマンションも、ひとりでは寂しさが募《つの》るばかりだ。夕食は昨晩も摂らなかった。食べなければと思っていても、家にひとりでいると気持ちが沈んでしまう。

――菅谷さん、仕事のできそうな人だったなあ……

彼女がいれば、優笑が辞めてもなんら問題はない。それどころか、優笑よりずっと有能で俊輔を仕事面で支えてくれるに決まっている。

自分には、何もない。父が田津原興産の社長だというだけで、優笑自身には特別得意なこともなければ、人より優れているものもない。田津原家という後ろ盾があったからこそ、俊輔と結婚できた。そして彼と結婚したからカナエックスで働かせてもらえただけ。

「……これから、どうしたらいいんだろう」

我知らず、そんな言葉が口をつく。

やるべきことはわかっている。まずは靴を脱いでメイクを落とし、離婚届に署名捺印するのだ。それこそが自分のすべきこと。俊輔のためにできる、最後の――

しゃがみこんだままの優笑の背後で、玄関扉の鍵が解錠《かいじょう》される電子音が聞こえた。

「えっ……!?」

一瞬で背筋が冷たくなる。何が起こったのかわからず、震える膝に力を入れて立ち上がろうとしたとき、ドアを開けて入ってきたのは――まさかの俊輔だ。

「ただいま、優笑。……どうしたの、そんな青い顔をして」

「しゅ……俊輔、さん……？」

出張は明日までのはずが、なぜ彼がここにいるのだろう。

「向こうのデザイナーとの話が早くまとまったから、一日帰りを早めたんだ」

「そ、そう、だったんですね……よかった……」

へなへなとその場にへたり込み、折しも先ほどと同じような格好になる。帰宅してから、玄関で二度もしゃがみこんでいる自分がなんだかおかしくなった。

「優笑？」

「あ、なんでもないです。今日はちょっと疲れたなって。それと、おかえりなさい」

曖昧に笑みを浮かべると、彼がまっすぐに自分を見つめてきた。

何も言えないまま、その美しい瞳を見つめ返す。この人の目に自分が映る機会は、あとどのくらいあるのだろう。

「優笑は、すぐにそうやって言葉を呑み込むんだね」

「そう、ですか？」

「そうだよ。俺はなんだって聞きたい。きみの心を知りたい」

「……伝えられるものなんて、もともとそんなにないんです。だって、わたしは――」

――からっぽだから。

その言葉を呑み込んでから、ああ、こういうことだ、と気がついた。

たしかに、優笑は言葉の続きを声にできないことが多かった。できないのか、しないのか。

自分でもわからない。ただ、言ったら相手を困らせる気がして、いつも言葉を自分の内側にためこんできた。

自分の思うことを口にするたび、叱られた。嫌われた。否定された。

だったら、何も言わなければいい。

声に出したらいけないのなら、心の中に留めておけばいい。

そう思ったのは、何歳のときだったのだろう。

──「余計なことは言わなくていい」と言ったのは……お姉ちゃん……？

「わ……たし、は……」

足元が崩れていくような感覚に、優笑はしゃがんだまま自分の体を抱きしめる。なぜ、こんなことを思い出すのか。姉は、美しくて優秀で両親の誇《ほこ》りの娘なのに、なぜ姉を悪く思ってしまうのか。

「いいよ」

優笑と同じ目線に、いつの間にか俊輔がかがんでいる。

「俊輔さん、わたし、あ、あの……」

「優笑は優笑だ。無理に言えないときは、言わなくてもいい。でも俺はいつだって、きみの言葉を待ってる。それだけ、忘れないでほしいんだ」

芯まで凍りついた体を、彼が優しく抱きしめてくれる。理由のわからない焦燥《しょうそう》感に押しつぶされてしまいそうだった。

今、ここにあるぬくもり。

俊輔にぎゅっとしがみついて、優笑は泣きたいくらいに幸せなのに。

――わたしは、この人が好き。だから手を離さなきゃいけないんだ。

「ごめんなさい。ちょっと疲れているだけなんです。ほんとうに、それだけなんです」

気を張って、なんとかそれだけ言葉を絞り出す。

「そう？　無理はしないで」

「はい、ありがとうございます」

彼が先に立ち上がり、優笑に手を貸してくれる。その手を取るのに一瞬だけ躊躇したのを、俊輔は見逃さなかった。

「誰かの手を借りるのは、恥じることじゃないからだいじょうぶだよ」

「は、はい」

立ち上がると、優笑は大きく息を吐く。

「……今日、書きますね」

「うん？」

「ちゃんとします。ごめんなさい。あっそうだ、今日から菅谷さんが出社してきていて――」

言い終わる前に、俊輔が優笑の肩をつかんでドアに押し付ける。

「え……？　あ、の……」

「優笑は話すのが苦手みたいだから、それなら言葉じゃない方法で聞いてもいいかなと思うんだよね」

にっこりと笑う彼の目は、どこかひどく冷たく見えた。いや、そうではない。冷たいのではなく、寂しそうに見えたのかもしれない。

「俺が何度だってきみの心をこじ開ける。だから、優笑はそのままでいいんだよ」

意味がわからぬまま、太ももの間に彼の膝が割り込んでくる。

「しゅ……っ、俊輔さん、待って、ここ、玄関で……っ」

「ああ、そうだね。だから?」

優笑の肩からバッグを奪い、俊輔がシューズクロークのドアの前にそれを放り投げた。逃げようにも、脚の間に彼の膝があるため身動きがとれない。背中は玄関ドアに押し付けられた格好だ。

「や……っ、嘘、冗談ですよね?」

そうしている間にも、俊輔の膝がぐっと押し上げられて、敏感な部分をこすりはじめる。互いの衣服越しに刺激されているから、直接触れられるよりも余裕があるはずなのに、妙なもどかしさが早くも優笑の中で生まれてきていた。

「さあ、どうだと思う?」

ブラウスの上から胸をやんわりと揉まれて、声が出そうになる。

優笑は両手で口をおさえ、必死に首を横に振った。

——こんなところで、こんなこと……！

乱れたスカートの下から、俊輔にこすられる部分がくちゅりと小さな音を立てる。その音に、優笑はかあっと頬を赤らめた。

——やだ。わたし、どうして感じてしまうの？

なかば強引な愛撫にさえ、彼しか知らない体が反応してしまう。一度、知ってしまった悦びを忘れることはできないのだ。彼が教えてくれた、すべて。

「優笑」

耳元に顔を寄せ、俊輔が名前を呼ぶ。

「熱くなってきてるね。……かわいいよ」

空気の分量が多いかすれた声に、腰から下が溶けてしまう気がした。急に膝が、がくがくと震える。だが、それは先ほどまでの自分に対する——自分の過去に対する不安によるものではなく、彼の与える快楽のせいだ。

「や……、待ってください、部屋に……」

「駄目だよ。逃がさない」

くるりと体が反転させられる。彼の両手が腰とお腹をつかまえるように抱きついてきた。

熟した果実の皮を剥くように、いともたやすくストッキングと下着が膝まで引き下ろされる。

「ぁ……っ……！」

空気に触れた敏感な部分が、いっそう自分の熱を自覚させた。甘く濡れた柔肉は、すでに合わせ目をしっとりと蜜で満たしている。濡れているからこそ、空気の冷たさが優笑の体の高まりを強く感じさせるのだ。

「ああ、濡れてきているんだね。それを知られるのが恥ずかしかった？」

太ももの間に、熱く滾るものが挟み込まれる。それが何かなんて、もう考えなくてもわかった。彼もまた興奮しているのだと思うと、自分が少なからず俊輔に求められている——そう感じる。

たとえ体だけでも、俊輔に必要としてもらえる。

——それでもいい。ううん、わたしのほうが俊輔さんをほしいと思ってるんだもの。

「手、こっちについて。ほら、こうだよ」

彼に促され、優笑は両手をドアにつく。自分から腰だけを突き出したような格好になり、いっそうみだらさを演出する。

「一緒に気持ちよくなろう？」

俊輔は柔肉の間に劣情を割り込ませ、前後に腰を揺らした。

「っっ……、は、……っん！」

必死に声をこらえる優笑の耳に、濡れた蜜音が聞こえてくる。脈打つほどに張り詰めたものが、亀裂を縦になぞっているのだ。亀頭のくびれが淫芽を引っ掛けるようにこするたび、腰が

びくんと揺れるのを止められない。

「どんどんあふれてくる。優笑は体のほうが雄弁みたいだね」

「知らな……いっ……」

「知らないなら、知ればいい。知ってしまえば怖くなくなる。目をそらさずにきみを欲してこんなになる俺を、知って――」

互いのこすれあう部分が媚蜜をまぶしたように濡れたころ、唐突に先端が優笑の入り口にめり込んできた。

「ひぅ……っ！　ん、んっ……」

蜜口がそれを受け止めて、きゅうっと引き絞られる。きつく締めつけるほどに、彼の熱量を強く感じてしまう。

「ああ、ごめん。優笑をイカせてから挿《い》れるつもりだったのに、間違って入っちゃったね」

「ゃ……ぬ、抜い……て……」

「どうかな。優笑のほうが俺を食いしめて、引き止めてるようにも思えるけど？」

彼の言葉はあながち間違いでもない。たしかに濡れた隘路は、彼の侵入を待ち望んでいた。その逞しい熱を締めつけたいと、粘膜が疼いている。

「こんな場所じゃ、いや？」

言いながら、俊輔が腰を進めてきた。じわじわと体の内側を侵食される感覚に、何も考えられなくなっていく。

「俺はいつだってどこでだって、優笑がほしい。優笑は違う？」

「わ、たし……、んっ……、ぁ、ぅ……っ！」

背中に鼓動が響いてくる。自分の心音とは違う、俊輔の心臓の音。

泣きたいくらいに彼を感じているのに、自分を認めることができなくて、優笑はただ首を横に振った。

「言ってくれないなら、ここで終わりにしようか。それとも、このまま優笑が何度もイクまで抱いてしまうのもいいね」

「だ、ダメ……っ」

彼の提案のどちらを否定したのか、もう自分でもわからない。

「そう、駄目だ。この程度で終わりになんて、俺ができない」

ずぐ、と先端が最奥にめり込んでくる。

「っっ……！　ふ、ぁ、っ……ああ！」

腰から脳天へと突き抜ける電流にも似た快感に、優笑はドアに爪を立てた。

蜜路をみっしりと埋め尽くす俊輔が、優笑を抱きしめたままで腰を揺らす。抽挿とは違い、奥だけを重点的に責める動きだ。

「……っ、ん、やぁ……」

る。

「これじゃ、物足りない？」

「違……っ」

「物足りないって言って。俺がほしいって、優笑の声で聞きたい」

懇願するような彼らしくない声が優笑の鼓膜を甘く濡らし、いっそう雄槍をきつく締め付ける。

「俊輔さん……っ、ん、っ……」

「ね、言って。俺がほしい？」

不意に子宮口をがんと打ちつけられ、優笑は目をみはった。

「こうして、奥を思い切りされるの優笑は好きだよね。それとも、浅いところを焦らしてあげようか？」

「や、やだ、ダメ……っ」

「じゃあ、言って。俺は優笑を抱きたい。このまま、おかしくなるまできみを抱いていたい」

切実な声に、拒絶なんてできなくなる。あるいは、優笑のほうが彼よりも先に抱かれることを求めていたのかもしれない。

こうしているときは、何も考えずにいられる。

ただ、俊輔を好きで、俊輔に求められることが嬉しくて、俊輔に与えられる悦びに溺れていられるのだから――

「……し、してください。俊輔さんが、ほしい……っ」

「優笑……っ」

その言葉を合図に、俊輔が腰の動きを変えた。わざと中を撹拌するような、音を立てて優笑の羞恥心を煽るような律動だ。

途中まで引き下ろされたストッキングと下着が膝にまとわりついて、いっそう優笑の自由を奪う。

「……っ、ん、んっ……」

「奥までいっぱい感じさせてあげる」

おかしくなってしまえたらいい。このまま、俊輔だけを感じていたい。

——そうなれたらいいのに、だけどわたしたちは……

終わりが決まっている。

離婚するとわかっていて、今さらどんどん彼を好きになる。

不毛な関係に、快感と同時に罪悪感《ざいあく》が高まるのを知っていて、それでも彼を突き放すことなんてできなかった。

俊輔が達していないのに、自分だけが二度も果てたあと、それでも彼はまだ優笑を突き上げてくる。

「う、っ……、あ、あっ、ダメ……、もう、お願い……っ」

つま先立ちになったパンプスが、激しい抽挿に何度も脱げそうになった。

「そのお願いは聞けない。俺がこんなに優笑を求めているのに、途中でやめろなんて残酷だとわからない？」

乱れた黒髪の下で、彼が欲望を宿した目を細める。立ったまま、ドアにすがりつく優笑にはそんな俊輔の表情は見えていなかった。ただ、必死に声を殺す。それでも快楽に溺れた体は、俊輔の情欲で突かれるたびに甘い呻きを漏らした。

「お願い……こんな、だって……」

「だって？」

――駄目。言っちゃ駄目。

頭ではそう思いながら、口がその単語を紡いでしまう。

「離婚、するのに……っ」

離婚という言葉に反応したように、俊輔が腰の動きをいっそう速める。玄関に似つかわしくない、淫靡な打擲音が響いていた。

「優笑は、俺から自由になりたい？」

「違……っ、そうじゃ、な……ああっ」

内腿を濡らす蜜が、足元に飛び散っていく。どうしようもないほどに彼を求め、わななき、震え、甘く濡れる体。

「離婚するなら、こんなこと……しないで……っ」

拒む言葉とは裏腹に、自分の体が俊輔を欲していることを優笑は知っていた。

体だけではない。心も、彼を求めている。彼に愛されない日々、二年の間、諦めようとしながらほんとうはずっと求めていたのだ。

心も体も、彼に愛されてほんとうの妻になりたい。ほんとうの夫婦になりたい。一生そばにいられる約束がほしい、と。

「お願い、もう……」

「無理だよ」

「あ、ゃ……っ、ああ！　もっと、……なっちゃう……っ」

──もっと、好きになっちゃう。止められない。どうしてこんなことするの？

「俊輔さんのこと、もっと、す……きに、なっちゃうのに……っ」

好きになったところで報われないなら、好きにならない方法があるのだろうか。すでにこんなに彼を愛してしまった自分に、俊輔を忘れられる日が来るのだろうか──

涙目で熱い息を吐く優笑の耳元に、「なってよ」と俊輔が囁いた。

「もっと好きになってよ。俺だって優笑のことが好きなのに、まだわからない？」

耳朶が、一瞬で熱を帯びる。

俊輔が、自分を好きだなんて今まで一度も考えたことがなかったのだ。夢にも思わなかったその言葉に、優笑の体がせつなく疼く。

「俊輔さ……ん……っ」

「好きだよ。おかしくなるくらい、きみが好きだ。だから、言ってほしかった。離婚したくない、一緒にいたいと、きみに言わせたかった。親の言いなりになって結婚しただけの優笑じゃなく、俺を好きだからそばにいたいと思ってくれる優笑がほしかったんだ」

狂おしいほどの快楽と、信じられない言葉の数々。

——離婚したくないって、言ってよかったの？

「きみを自由にしたい。だけど自由な気持ちで俺を愛してほしい。手放すつもりなんて毛頭なかったと、優笑はまだ気づいていなかったんだね」

「そ……んなの、あ、あっ……」

「わかってる？　今だって避妊なんてしていない。それで、どうして俺と離婚できると思っていたのかな？」

「……っっ……！」

きゅう、と粘膜が甘くわななないた。

二度も達したあとだというのに、またも佚楽の波が優笑をさらっていこうとしている。

「奥に、出すよ。優笑に全部注ぐから——」

「あ、あっ……、俊輔さん……っ！」

くずおれてしまいそうな体を、彼が強く抱きしめた。

知らぬ間に自分から誘うように腰を動かし、優笑は俊輔の射精を促している。彼のすべてがほしかった。彼だけのものになりたいと願っていた。

ただ、愛されたかった。


——さっきのは、幻聴《げんちょう》じゃないの……？

ことが終わると、俊輔は優笑を抱きかかえてソファに運んでくれた。そのあとは甲斐甲斐しく風呂の用意をして、先に湯を使うよう言ってくれたのだ。

バスタブの中、優笑は自分の体を抱きしめる。

『……したくないって、言って』

唐突に脳裏によみがえったのは、ソファで抱かれた夜のこと。

彼は、優笑にそう言った。

『離婚したくない、って、言って』

不意に、あのとき聞き取れなかった部分が埋まる。

——嘘！　そんなの、わたしの都合のいい幻聴で、俊輔さんにとってわたしはもうただの足枷でしかなくて……！

だが、好きだと言ってくれた。離婚したくないと優笑に言わせたかったと、彼は言っていた。

優笑はバスタブの中にぶくぶくと沈み込んでいって、いつものとおりに右手を水面から上へと伸ばす。そういえば、この手を俊輔が握ってくれたこともあったのだ。

——言って、いいの？

彼のことが好きだから、離婚したくない。

けれど、それを口に出す権利など自分にあるのだろうか。

父の会社がひどい状況で、俊輔に援助を求めている。それだけは絶対にさせたくない、させない、と思っているけれど、放っておけば裁判沙汰になるとも聞いている。そうなったら俊輔に迷惑をかけるのはわかっていて、自分の気持ちを優先するなど許されるのだろうか。

湯から顔を出し、大きく息を吸った。

「わたしは、俊輔さんのことが、好き」

文節ごとに区切って声に出してみると、自分の言葉に胸がきゅうっとせつなくなる。今までに、何度か彼に好きだったことも好きだとも言ったことはあったが、それとは何かが違っている。

俊輔も、優笑を好きだと言ってくれた。

その事実が、自分を強くしてくれる気がした。

「優笑ー」

「は、はいっ！」

脱衣所から名前を呼ぶ声が聞こえてきて、反射的に大きな声で返事をする。さっきのひとりごとを聞かれていたらどうしよう、と心臓が跳ね上がった。

「あまり長湯するとのぼせるよ。だいじょうぶ？」

「そろそろ上がりますのでっ」

妙に心が落ち着かず、いつもより声のトーンがうわずっている。それがまた恥ずかしくて、バスタブの中で自分の両頬を手で挟み込んだ。

「そんなに焦らなくても、別にバスルームに乱入したりしないよ？」

「っっ……し、知ってます。俊輔さんはそんな人ではないと……」

「あはは、そう言われると逆にこのドアを開けたくなるな」

「だっ……ダメです！　それはダメ‼」

なんてことのないやりとりさえ、以前とは違う。そもそも、かつてのふたりにこんな会話はなかった。

俊輔はいつも紳士で、理想的な夫だと誰からも言われた。ステキな人と結婚できてよかったねと言われることはあっても、ふたりでいるときにじゃれ合うような会話をしたことはなかったのだ。

「冗談だよ。邪魔しないから、ちゃんと疲れをとって上がっておいで」

「ありがとう、ございます」

好きの気持ちが加速する。

坂を転がる雪玉のように、どんどんこの気持ちが大きくなっていく。

——何も解決していない。ただ、俊輔さんを好きなだけ。

脱衣所から彼の気配が消えてもまだ、優笑は心臓の高鳴りを感じていた。

自分でも、この気持ちをおさえられない。好きで、好きで、もっと好きになっていくのを止められない。

——そばにいたいって、言っていいの……？


バスルームから戻ると、俊輔が冷蔵庫から出したミネラルウォーターをグラスに注いでくれる。いたれりつくせりの対応に、ますますどうしていいのかわからなくなりそうだ。

「あの、俊輔さん」

「うん？」

「聞きたいことがあるんですけど、お風呂を出たら少しお時間もらってもいいですか？」

出張帰りで疲れている彼に、今夜話をするのは気遣いが足りないかもしれない。けれど、離婚についての彼の見解を知っておきたい。彼の本音、彼がほんとうに望んでいること。

「優笑が俺のベッドで待っていてくれるなら」

「はい、わかりました」

寝室で話すなら、俊輔もくつろげる。そう思って、優笑は即答した。

「――えっ？」

面食らったのは俊輔のほうである。彼らしくない声と、驚いたように見開かれた目が、それを表していた。

「あ、やっぱり明日以降にしたほうがいいですか？」

「いや、そういうことじゃないけど。待って、俺のほうが動揺してるな」

小さく咳払いをしてから、なぜか口元を緩ませて俊輔が優笑をじっと見つめている。

――えっと、ベッドで待っているってもしかして違う意味だった……？

あまりにきれいな顔をして凝視してくる俊輔に、優笑もどぎまぎしてしまう。

「わかった。じゃあ、お風呂から戻ったら話そうか」

「はい。待ってます」

† † †

――どこまで話していいんだ？

湯上がりに、洗面所で髪を乾《かわ》かしながら俊輔は鏡に映る自分に自問した。

ドライヤーの音で、思考が分断《ぶんだん》される。いや、単に自分は動揺しているのかもしれない。

ずっと彼女を好きだった。はっきり言ってしまえば、あの水族館で寂しそうな少女を見たときから心惹かれていた。だが、結婚を早々に決めたのは恋愛感情よりも彼女をひどい家族から引き離したいという気持ちが強かっただろう。とはいえ、たしかに好きだと思っていたのも事実だ。

さすがに年下の優笑に、中学生のきみを見たときから好きだったと伝えるのは、大人の男として俊輔にも悩ましいものがある。

それに、水族館といえばほかにも優笑に秘密に進めていることがあった。

都内にはすでに営業している水族館が大小あるけれど、俊輔は新たな水族館事業を立ち上げようとしていた。

俊輔が出会う前の彼女が夢に見ていたという、水族館の飼育員。

その夢を叶えてあげたいと願うのは、今さらかもしれないというのもわかっていて、それでもなお俊輔は優笑に自由をあげたかった。それは、好きな仕事に就く自由だ。同時に仕事をしない自由も彼女にはある。

大学を卒業したばかりの優笑と結婚する際、家庭に閉じ込めるのでは彼女の家族と自分が同じに思えた。

とはいえ、自分の目の届かないところに愛しい女性を行かせるのが嫌で、自社に入社させたのだ。今の仕事は、彼女が望んで得たものではない。

――だから水族館を作るだなんて、俺も相当に安易だとは思う。

もしも優笑が嫌でなければ、今後は水族館の業務を任せるつもりだ。社の登録にあたって、顧問《こもん》弁護士にも妻を代表取締役《とりしまりやく》にすることは話してある。

離婚を提案するのは、俊輔にとっても大勝負だった。もちろん、負けるつもりなどさらさらなく、勝ち負けよりも優笑の心を得ることが何よりの目的ではある。

素直で愛らしい、少女のような心を持つ優笑。

彼女は知らない。

田津原の家族がどんなふうに優笑の心を殺し、優笑の自由を奪い、優笑を束縛してきたかを。

そして、そのせいで今なお優笑は、自分の気持ちを口にするのが苦手で、他人と深く関わることができずにいることを。

優笑に恋したきっかけを話せば、きっと彼女の家族を批判する部分まで伝えることになる。

それは今なのか。あるいは、ただ愛情だけを切り出して話せばいいのか。

どんなに傷つけることになっても優笑を支える決意はあった。だが、彼女が泣かなくていいなら絶対に泣かせたくないという気持ちも断ち切れない。愛する人を悲しませたいと思うはずがないのだ。

すっかり髪が乾いて、俊輔はドライヤーを元の場所に戻す。

コンコン、と控えめなノックが廊下側から聞こえてきた。

「あの、俊輔さん、だいじょうぶですか？」

ノック同様に小さな声が、ひどくいとおしい。

——今まで、こんなふうに彼女のほうから近づいてきてくれたことはなかったな。

それを思うと、多少強引ではあったがここ最近の自分の行動は間違っていなかったと実感できる。

「別に裸じゃないから開けてもかまわないんだけどね」

「あ、いえ、その……ごめんなさい」

優笑の口癖は「ごめんなさい」だ。何も悪くない局面で、あるいは相手が悪い場合でも、彼女はいつも謝っている。

——そんなことにも、本人は気づいていない。

俊輔は洗面所側からドアを開けた。驚いた様子で優笑がこちらを見上げてくる。大きな目が、いっそう丸くなったのがかわいらしい。

「それじゃ、話をしようか。俺のベッドでいい？」

「はい」

ふわりと微笑んだ彼女から、ボディソープの清潔《せいけつ》な香りが感じられる。

話をしようと言いながら、できることならもう一度今すぐに抱きたいと思う自分を、俊輔はかろうじて押し留めた。

† † †

ふたりで並んでベッドに横たわり、リモコンで照明を消した。

考えてみれば、何もしていないまま一緒にベッドに入るのは初めてだ。そのことに気づいて、優笑は少し緊張してくる。

――でも、今日はさっきしたからそういうことにはならない……と思うし！

そう考えてから、まるで何かがあることを期待しているような自分の思考に赤面する。

部屋の電気を消したあとでよかった。そうでなければ、赤くなった顔を俊輔に見られてしまったかもしれない。

「それで、話って何かな」

「あ、はい。ごめんなさい」

自分から時間を作ってもらったのに、黙り込んでいた。それを反省しての謝罪だったが、俊輔は小さく息を吐いて優笑の体を抱き寄せる。

「謝らないで。俺たちは夫婦だから――いや、違うな。人間同士のつきあいの中ではね、誰だって間違うことも失敗することもある。仕事だってそうだ。だから、謝罪が必要なときもあるけれど、今の優笑は俺に謝る場面じゃない」

優笑にしてみれば、迷惑をかけたときだけではなく迷惑をかけそうなときにも先走って謝ってしまう人生だが、それは当たり前ではなかったのだろうか。

認識の違いに、思わず「ごめんなさい」と言いそうになって、ハッとして指で口をおさえた。

「今、謝ろうとしたね」

「う……、はい、そうです」

「優笑は何も悪くありません。だから謝る必要もありません。俺は、言ったはずだよ。優笑のことが好きだ。好きな子が話をしようと言ってくれて、嬉しくないわけがない」

好きという単語が、まるで当然のように彼の口から聞こえてくる。

——ほんとうに、俊輔さんはわたしを好きって思ってくれてるんだ。

婚約から結婚を経て、なぜ今彼がそれを口にしてくれるのか、その理由はわからない。だがそんなことは些末《さまつ》な問題だ。彼に好かれている。それだけで優笑は幸せだった。

とはいえ、それで逆に話は終わってしまう。時間を作ってほしいだなんて言っておきながら、すでに優笑の知りたいことは聞いてしまったのである。

「あ、あの……でも、好きって、言ってもらえたので、話はもう終わってしまったというか……」

「うん？」

「……俊輔さんの気持ちを聞きたかったと言いますか、その」

心臓が壊れそうなほどに早鐘を打っていた。

恥ずかしくて、室内は暗いとわかっていても顔を上げられない。俊輔の腕に抱かれながら、優笑は体をこわばらせてぎゅっと目を閉じている。

「好きだよ」

「！　は、はい、わたしも好きですっ」

「そんなふうに戸惑っているところも好きだ」

「っっ……」

「きっと今、恥ずかしくて俺の目を見れないところも好き」

「俊輔さん、待ってください。え、えっと、それはですね……」

「きみが知らないことを、俺は知っている」

突然話の矛先が変わり、優笑は当惑しながら言葉の続きを待った。

しかし、俊輔はそのまま口を閉ざして優笑をぎゅっと抱きしめるばかりだ。互いの体温がベッドの中で混ざり合う感覚に、このまま酔いしれてしまいたい。そう思う反面、彼があえて口にしたゆえの知らない何かについても気がかりになる。

「それは、離婚についてか……とかですか？」

おそるおそる尋ねると、俊輔が笑うのが聞こえた。

「そうだね。離婚についてというか、正しくは離婚届を優笑に渡した理由について、かな」

彼の言う差がなんなのか、すぐにはわからなかった。離婚について、離婚届を渡した理由について。言葉としては別だが、概ね同じことを指しているように思える。

「……俺は少し、いじわるだったと思う。そのことを優笑があとですべて知ったときに不愉快《ふゆかい》に思うかもしれないけれど、嫌いになるんじゃなくて怒ってほしいんだ」

「？　俊輔さんは、わたしに怒られたいんですか？」

「どうだろう。もしかしたら、そうかもしれないな。優笑を泣かせるよりは怒らせるほうがいい。それで、まだしたことがないけれどケンカをして、仲直りをして、もっと仲良くなりたいと思っているというのが俺の望みかもしれないね」

言われてみれば、俊輔と夫婦げんかなるものをしたことはなかった。

そもそも優笑は、誰かとケンカをしたことがない。誰かから強い感情を向けられるというのは、基本的に家族の中にしかないことだと思っている。そういう意味では、夫婦も家族なのだから俊輔に嫌悪されたり、叱責されたりしていてもおかしくない。

今まで、両親と姉がそうしてくれていたように。

「わたしが間違っているときは、いつでも言ってください」

意を決して顔を上げ、優笑は薄闇《うすやみ》の中で俊輔を見つめた。

いつの間にか目が暗い室内に慣れていたらしく、照明がついていなくとも彼の表情が見える。

俊輔は、眉を上げて驚いたような顔をした。

「優笑にとって、間違いを指摘することがケンカなのかな？」

「ケンカというか、家族だからできることかなって思います」

「言い方によってはそのとおりだとも思うけれど、ちょっときみは勘違いをしている気がしなくもないから困る」

「えっ、ご、ごめんなさい」

「困るというのは謝れって意味じゃないんだよ、優笑」

ふっと目を細めて、俊輔が優笑のひたいに唇で触れてくる。

「っっ！」

——突然、おでこにキスなんて心臓に悪い……っ！

「たとえば俺が言ったことに、優笑が違うって思ってもきみはそう言ってくれないよね？」

「俊輔さんは間違ったことなんて言いませんよ？」

「離婚したいと言っても？　しかも、きみに自由をあげるなんて白々《しらじら》しい言葉を添えても？」

ぱちぱちとまばたきをして、彼の言葉の意味を考える。

実際、俊輔が結婚記念日に離婚届を差し出してきたとき、優笑はそれをそのまま受け取った。彼が離婚したいと思っているのなら、断る理由はない。優笑がどんなに俊輔を好きでも、俊輔の気持ちは優笑の自由にはならないのだから。

「それはきっと、俊輔さんにとってわたしが役に立たない存在で、そばにいてもなんの利益もないから、ですよね……」

「そこが違う」

ぴしりと言い切って、俊輔がひたいとひたいをくっつける。

「あのね、優笑。俺がきみを好きなのは、きみが田津原家のお嬢さんだったからではないし、なんらかのメリットがあるからでもないんだよ」

「……はい」

肯定の返事をしつつも、優笑はそう思っていなかった。田津原優笑だったからこそ、俊輔と結婚できたというのは事実なのである。

――あ、でも。

結婚した理由ならば田津原の娘というのは当てはまるが、好きの理由には関係ないのかもしれない。

そもそも優笑自身、俊輔が政治家一家の息子だなんて関係なく彼を好きだと思っているのだ。

「だから、離婚なんてほんとうはするつもりがないし、きみに離婚したくないと言ってほしかった」

「したくない、って……」

「それは、こういう意味」

しっとりと唇が重なる。薄暗がりのベッドで、優笑は俊輔のキスを受け止めた。

互いの胸と胸が密着し、心臓の音が伝わってしまう。俊輔にキスされると――いや、そばにいるだけで、触れているだけで、彼のことを思うだけで、胸が痛いくらいに鼓動が速くなる。

そのことを、知られてしまいそうだ。

「俺が優笑とキスしたくなるのは、優笑が好きだからだよ」

「……っ、わたしも、同じです」

「俺とキスしたいと思ってくれるの？」

何も言えずにうなずくと、彼は優笑の耳元に唇を寄せる。

「じゃあ、優笑からキスしてくれるかな」

――わたしから、俊輔さんにキスするの⁉

びくっと肩を震わせたのに気づいていながら、彼は「はい、どうぞ」と目を閉じた。

「じょうずにできるかわかりません……」

「失敗したらもう一度ね」

「う……」

ゆっくりと、彼に近づく。自分からキスしてもいいだなんて、知らなかった。

――だけど、俊輔さんとキスしたいってほんとうに思ってるから……

かすめるように触れた唇が、いっそうせつなくなる。ほんの一瞬、触れただけのキス。

「しまった」

彼が目を開けて困ったように微笑む。

「嬉しくて寝られなくなりそうだ」

「っっ……、そ、そんなの駄目です。俊輔さん、出張帰りで疲れているんですから、ちゃんと眠れないと」

「俺が寝るのを見張っていてくれる奥さんがいたら、きっとおとなしく眠るよ」

少年のようにも、大人の男のようにも思える、彼の不思議な魅力を前に、優笑は顔を赤く染めてうなずく。

「ありがとう、おやすみ、優笑」

好きだと言って、好きだと言ってもらって。

——離婚のこと、ちゃんと聞けなかった。だけど、離婚するつもりはないって言っていたから、俊輔さんはわたしの気持ちをたしかめようとしていたってことなのかな。

どちらが先に眠ったのかはわからない。気づけば、優笑は俊輔の腕の中で幸せな眠りに落ちていった。

† † †

それからというもの、優笑の生活は一変した。

俊輔は、毎晩優笑を自分のベッドで一緒に寝るよう誘ってくる。ふたりで並んで眠るだけなのだけれど、それが何より嬉しい。仕事中は今までどおりだが、自宅にいるときの彼は優笑を恋人のように扱ってくれるのだ。

――恋人っていうと語弊があるのかもしれない。だって、わたしたちは一応結婚しているから。

夫が妻を慈しみ、愛し、大切にするという姿が、優笑にはうまく想像できない。それはおそらく、自分の両親がそういう雰囲気ではなかったからだ、と気づいたのはふたりの関係が変わってしばらく経ってからだった。

「田津原さん、書類の確認をお願いしてもいいでしょうか？」

「あ、はい。確認します」

すでにほとんどの引き継ぎを終えた晴子が、優笑のデスクに書類を差し出してくる。

「問題ありません。菅谷さんのほうで社長に届けていただいてもいいですか？」

「わかりました」

そう言って、晴子は書類を手に社長室へ向かった。

後任の秘書は、仕事のできるすばらしい人だ。ただ、晴子は優笑に対して少し警戒心があるように感じるときがある。そういえば、初対面のときも優笑の名字を気にしていたのではなかったか。

――やっぱり、わたしが覚えていないだけで過去に知り合っていたのかな。

晴子は優笑よりも三歳上だが、通っていた私立の中学校が同じだった。履歴書に書いてあったから間違いないだろう。

生徒数の多い学校なため、他学年どころか他組の子でも顔を知らない場合もある。中高一貫《ちゅうこういっかん》校なので、晴子が同じ高校に進学していればもしかしたら中学と高校で合同の演劇鑑賞《かんしょう》会など、顔を合わせる機会もあったかもしれない。

――でも、菅谷さんは高校は内部進学していなかったみたいだし。

中学からの内部進学を目的に中高一貫校に入学する生徒が多かったが、中には外部受験を選ぶクラスメイトもいた。晴子のように優秀ならば、別の進学校に行くのもさしておかしなことではない。

「提出してまいりました」

「ありがとうございます。あ、菅谷さん」

一礼して自席に戻ろうとする晴子を呼び止めると、彼女は一瞬だけ眉間に怪訝そうな表情をよぎらせた。けれどすぐに無表情に戻り、「なんでしょうか」とこちらに向き直る。

「もしご迷惑でなければ、ランチでもご一緒しませんか?」

「ランチですか」

断られることも覚悟の上で声をかけたものの、熟考されると優笑も少々不安な気持ちになった。そこまで晴子から毛嫌いされているとしたら、自分にも何か問題があるのかもしれない。

「申し訳ないのですが、遠慮します」

「いえ、こちらこそ急に誘ってしまってごめんなさい。どうか気にしないで――」

「田津原さん、田津原優美さんの妹さんですよね。どういうつもりで誘ってくれたのかは聞きませんけど、わたしはもう二度と彼女の言いなりになるつもりなんてありませんから……っ」

握りしめた手が、震えている。メイクをしていても、血の気が引いているのが見てとれた。

――ああ、そうか。お姉ちゃんの知り合いだったんだ。

「……失礼します」

それだけ言って、晴子が背を向ける。

以前の優笑ならば、誰かをランチに誘うことはなかった。入社した時点で社長夫人だったのだから、同期すら普通に接してはくれなかったのも致し方ない。

しかし、今後晴子がカナエックスで仕事をしていく上で、懸念することがひとつでも減ってほしいことを考えると、優笑との関係性に問題を抱えていてほしくはないのだ。

俊輔が離婚するつもりはないと言ってくれたからには、実家の金銭的問題を解決し、今後も深山優笑として生きていきたい。

そんな甘いことを考えていた自分。

誰かの気持ちを慮ることのできない、愚かな自分。

けれど、どうしてだろう。晴子が姉を嫌悪しているのが伝わってきても、何ひとつ不思議には思わなかった。考えてみれば、優笑より三歳上で同じ中学校を卒業しているというのなら、彼女は姉の優美と同学年だったのである。

そして、姉は。

田津原優美は、幼いころから優笑を虐《しいた》げてきたのだから――

いつ、はっきりと思い出したのかはわからない。

それと同じくらい、いつから姉を『優笑のために厳しい進言をしてくれる妹思いの姉』と勘違いしてきたのかも、明確ではなかった。

幼いころの記憶は曖昧で、姉が家族の中心だったことだけが刻まれている。

『優笑はぜんぜん優れていないし、泣いてばかりで笑顔にもならない。かわいくないから、お嫁さんにもらってくれる男の人なんてきっといないね』

そう言った姉の言葉に、両親は優笑を慰めることもなく、それどころか姉をたしなめることもなく、ただ笑っていた。彼らにとっては優美こそが誇るべき娘で、出来損ないの優笑は嘲笑の対象だったのだろう。なぜそれを、姉が優笑のために言ってくれたただなんて曲解できたのか、今となってはもうわからない。

そこに、理由なんてなかったのかもしれないし、彼らなりの根拠があったのかもしれない。どちらだとしても、自分が普通の家庭で育っていないのだけはたしかだ。

仕事が終わり、俊輔と一緒に帰宅し、優笑はキッチンに立ちながらぼんやりと思い出す。

自分の育った家庭がおかしかったと、強く実感するきっかけになったのは晴子の震えていたあの手を見たときだ。だが、その前から違和感が徐々に強まってきていた。

俊輔の優しさに触れるたび、姉のかけた悪い魔法がとけていく。

自分が現実から目を背けていたのだと気づく。

――どうして、わからなかったんだろう。

首筋がぞくりと冷たくなったのは、気のせいではない。

――だけど、もしかしたらお姉ちゃんは悪意があってやっていたわけじゃないかも……

そう思った直後に、晴子の握りしめた手を思い出した。あの手に、覚えがある。優笑も同じように、震える自分の指先を見たことが何度もあるのだ。

もし半年前の自分が晴子と話していたら、きっと盲目的に姉を信じたと思う。姉はすばらしい女性で、自分が愚鈍だからいつもただしてくれているとさえ、考えたに違いない。晴子のわずかな言葉や仕草から、姉との過去のしがらみを想像することもなかった。

実際に、晴子からも姉からも具体的なことを聞いたわけではないが、今の優笑には想像力がある。

ずっと目を閉じて、耳をふさいで、口をつぐんできた自分は、考えることを放棄していた。そのほうが、あの家族の中で暮らすのに都合が良かったから。悪意に鈍《にぶ》い自分でいることを選んだのだ。

「——……え、優笑?」

俊輔の声で、現実に引き戻される。

優笑は、ぱっと顔を上げて夫の心配顔を見た。

「なんだかぼうっとしているけれど、どうした?」

「あ……、いえ、少し考えごとをしていただけです」

「でも顔色が悪いよ。何を考えていたのかな」

自分は、虐待《ぎゃくたい》されていたのかもしれない——だなんて、簡単に口に出せない。

——そう、そうだよ。だってわたしは今まで気づいていなかったんだから、もしかしたら……。

心の中でさえ、気のせいだとは思えなくて。

「……俊輔さん」

「うん」

「少しだけ、くっついてもいいですか?」

自分から逃げるように、俊輔に問いかける。彼は何も言わずに両腕を広げてくれた。

その腕の中にいれば、余計なことを考えなくていい。

今はただ、彼のぬくもりだけがほしかった。

「優笑のほうからそんなふうに言ってくれるのは初めてだね」

広い胸にぎゅっとしがみつき、頭上から聞こえてくる俊輔の声に小さくうなずく。もっと何か言うべきなのかもしれないけれど、言葉が見つからなかった。

「いいよ。理由なんて言ってくれなくても、俺は優笑を守るから」

「……え……？」

「怖がらなくていい。心配しなくていい。だけど、怖くなったら振り返って。道に迷ったら、俺の名前を呼んで。そのときには、全力で優笑を助ける」

何も言わなくても、気づいてくれる人。

だから好きになったわけではないけれど、俊輔のそういうところにずっと癒やされて、許されてきたのだと思う。

「秘密をひとつ、明かしていいかな」

「なんですか……？」

「俺が優笑と寝室を別にした理由」

そのひと言で、頭の中にあったもやもやが一瞬で霧散する。なんともゲンキンなものだが、彼が明かそうとしている秘密は、そのくらいに優笑にとって重要なことだった。

「知りたいです」

顔を上げると、俊輔が軽く耳殻にキスをひとつ。

「優笑に離婚届を渡したのと同じ理由だよ」

——それって、わたしが「離婚したくない」と言うのを待ってたのと同じ……？

少しの困惑と、ほのかな期待が胸に渦を巻く。

『今は、まだきみを抱けない』

初めて触れられた夜、俊輔はそう言った。あのときは、彼の言葉の意味をはかりかね、自分が拒まれたような気持ちになって不安だった。

けれど、今なら。

「……わたしの気持ちを、待っていてくれたんですか？」

「半分正解、半分ははずれ」

重なる唇と唇に、答えが半分だけ蕩けていく。

「家の都合で俺と結婚したから抱かれるなんて、思ってほしくなかった。きみ自身に俺を選んでほしかったんだよ」

「わたし、自身……」

「俺の求めた契約はね、紙一枚じゃ足りないんだ。優笑の心と契約しなきゃ、意味がない。なんて言いながら、実際に優笑が離婚届に署名をしたら困るんだけど」

　ふたりの関係は、偽装結婚にも似ていた。それをフランス語では白い結婚《マリアージュ・ブラン》と言うらしい。仮面夫婦、契約結婚。どんな言葉に置き換えても、利害に基づいて結ばれたほんとうの夫婦ではないのに婚姻関係にある男女を指す。

「でも、わたしはずっと俊輔さんのほんとうの奥さんになりたいって思ってたんです」

「知ってるよ。ありがとう」

「……どうして、お礼を言うんですか？」

「俺と結婚してくれてありがとう、優笑」

　再度重なった唇は、吐息が甘いあえぎに変わるまで続いた。

†　†　†

　翌日、晴子と顔を合わせるのが気まずい思いがなかったとは言えない。けれど、自分よりもよほど相手のほうが気にしているだろう。優笑は何度もそう言い聞かせ、晴子が出社してきた瞬間にこちらから声をかけた。

「おっ……はようございます、菅谷さんっ」

　勢いづいたせいで、中途半端にカジュアルな感じになってしまう。

　――……失敗した。

あいさつひとつまともにできない、と姉がため息をつく姿が脳裏によぎる。実際に、それは過去に言われたことのある言葉だ。

「おはようございます」

だが、晴子のほうが優笑よりずっと落ち着いて、いつもどおりの温度であいさつを返してくれる。

職場なのだから当たり前かもしれないが、彼女の態度が変わらなかったことに安堵した。同時に、そうしてくれた晴子に感謝の念を抱く。

晴子が詳細を語らないのならば、優笑から根掘り葉掘り聞き出すような真似はすまいと決めていた。あの言い方から考えて、いい思い出がないことは火を見るより明らかだ。だとしたら、今後晴子が安心して働ける環境を整えることが優笑のすべきことである。

――あれ、でも俊輔さんはほんとうに離婚する気じゃなくて。それなのにわたしは仕事を辞める……?

昨晩も愛を確認したことで、またひとつ勇気をもらった。

疑問を感じたときに、不安になるのではなく信じる気持ちだ。

雨粒を受けた車のフロントガラスをワイパーが往復したあとのように、目の前は明瞭になっている。これまでの二十四年間、ずっと優笑は自分で自分の目をふさいできた。手で覆って、何も見えないと言っていたも同然だ。その手を離してみれば、そこには知らなかった世界がある。そう思えるほどに、みるみるうちに自分が変わっていくのが感じられた。

変わるのは、自分。そして変わった自分の見る景色も一新《いっしん》される。

「今日は、議事録《ぎじろく》の作成をお願いします。先日の株主総会の音源と、前もって準備されていた質問内容をまとめたデータを共有フォルダに上げておきますね」

先ほどの失態を取り戻すためにも、優笑はつとめて落ち着いた声で晴子に話しかけた。

「前年度の議事録は確認していますので、フォーマットはそれと同じでいいでしょうか？」

「はい、お願いします」

あくまで仕事以外の部分には踏み込まず、優笑は自身の業務に戻る。

ほんとうは、彼女の仕事ぶりをたたえたい気持ちだってある。昨日、今の会話をしたならば、「前年度の議事録も確認していたなんて、菅谷さんさすがですね」とひと言添えただろう。

――きっと、今はわたしが何を言っても田津原優美の妹というところが引っかかってしまうだろうし。

誰かを疑うときの気持ちは、大勢の中で自分をひとりぼっちだと思うのに似ている。

――あ、そういえばスマホ。

ロッカーに荷物を入れるとき、私物のスマートフォンを家に忘れてきたことに気づいた。

スケジューラーを開いて、俊輔の予定をチェックする。私用携帯がなくとも仕事に支障はないが、俊輔は基本的に仕事以外の連絡についてはそちらのＳＮＳに連絡をくれるからだ。

今日は、辰川百貨店の担当引き継ぎ打ち合わせが午後に入っていた。俊輔が出張から帰ったあと、日程を確認してメールを返信したからよく覚えている。

来客用の茶菓子には、俊輔のイタリア土産があるはずだ。青いパッケージのミニデザートチョコレートなら、コーヒーと一緒に出すのにも適切だろう。

外出予定はなかったものの、十八時からデザインのリテイクに関する社内ミーティングが入っている。今夜は、先に帰ることになりそうだ。あとでスマホを忘れたことを伝えておかなければ、と優笑は思った。

定時で会社を出ると、歩いて駅に向かうのが久しぶりだと気づく。

たった数日ぶりなことを思えばおかしな話だが、ここ最近は俊輔との関係の変化により、彼と過ごす時間が濃密なのだ。そのせいか、うつむくことなく前を見て歩いていた優笑は、そこにいるはずのない人物を見つけて背筋に鳥肌が立つ。

——どうして、お姉ちゃんがいるの？

しかも、姉の優美はひとりではない。

一緒にいるのは晴子だ。姉は晴子の手をつかみ、逃がさないとばかりに「何、急いでるの？久々の再会じゃない。嬉しいでしょ？」と言い放つ。

「お姉ちゃん、菅谷さんに何してるの……っ」

駆け出したのと声をあげたのの、どちらが先だったかはわからない。

優笑はふたりの間に割り込むようにして、背中で晴子をかばった。

「あら、優笑。邪魔しないでよ。中学時代の同級生と再会したところなんだから」

底意地の悪い笑みを浮かべ、姉が小首をかしげる。以前なら、その笑顔にだまされていたのだろうか。

「冗談じゃない。あなたとなんて会いたいはずがないでしょう」

低い声で晴子が言う。

「何言ってるのよ。友だちのいない晴子を、わたしたちがグループに入れてあげたんじゃない」

「……ふざけないで」

「楽しかったわよねえ。懐かしいわ。ああ、ほら、覚えてる？　トイレでみんなであなたがあまりにダサいからスペシャルメイクしてあげたこととか、文化祭当日に晴子ひとりで下着カフェ状態だったこととか……」

聞いているだけで、気分が悪くなる。無関係な優笑ですらそうなのだから、晴子は筆舌《ひつぜつ》に尽くしがたい屈辱《くつじょく》のはずだ。

——わかってた。ほんとうは、わたし、どこかでわかってたんだ。お姉ちゃんは、こういう人だって。

まだ、優美に対する恐怖はある。

だからといって、放っておくわけにもいかない。

「お姉ちゃん、もうやめて」

「は？　何よ、優笑。誰に向かって言ってるの」

「お姉ちゃんに、言ってる。こんな道端で、おかしなことを言っているわたしの姉に向かって言ってる……っ」

声が裏返ったけれど、それでも必死に言葉を絞り出す。

――家族だけじゃなく、家の外でもお姉ちゃんはこうだったんだ。ずっとわたしが見ないふりをしてきただけで、この人はずっと……。

「――離婚されかけの社長夫人がよく言うわね。それより優笑、慰謝料はどうなったの？　わたしがこんなところであなたを待っていた理由、わからないはずがないでしょう？」

スマートフォンを忘れてきたせいで連絡がつかなかった優笑をつかまえるため、姉は会社までやってきたのだ。それに気づいたところで、今さらどうしようもない。

「……菅谷さん、行ってください。申し訳ありません」

「いえ、わたしは」

「いいんです。姉がご迷惑をおかけし、ほんとうに言葉もありません。どうぞ、行ってください」

震える両手で姉の腕をつかみ、罵倒《ばとう》の声を耳にしながら優笑は膝に力を入れた。

他人からすれば大げさに思えるかもしれない。姉相手に、これほど恐怖を感じるだなんて。だが、これが姉の本性であり、優笑を今までずっと縛り付けていた鎖《くさり》なのだ。

「ああそう。そういうこと。晴子と優笑が知り合いだったなんて、なかなかおもしろいじゃないの。ゴミ虫同士がかばい合う姿なんて、なかなか見る機会がないものね？」

晴子が駆け出す足音を聞いて、優笑は少しだけ安堵する。

「お姉ちゃん、もうやめて……お願いだから……」

安心感が緊張の糸を切った。目頭がじんと熱くなり、我が姉ながらあまりに情けなくて泣きたくなる。それとも、これは姉を恐れる気持ちからの涙だろうか。

「ふざけるな！　このド底辺が‼　クズのくせに自分が人間さま相手に話しかけていいと思ってんの⁉」

全身が凍りついたように硬直し、優笑はぶるぶると震えだした。

この罵声《ばせい》によく似た言葉を、かつて自分は何度も浴びせられた経験がある。

クラスの子から部活見学に誘われ、帰宅がいつもより三十分遅くなったとき。母には連絡をしてあったのに、姉は玄関で優笑を怒鳴りつけた。冷たいフロアタイルに正座をさせられ、二時間以上立ち上がることを許してもらえなかった。

習い事に行こうとして玄関へ行ったら優笑の靴だけがすべて消えており、姉の靴を履いていくよう母から言われた日の帰宅後は、もっとひどかった。冬だったのに土足《どそく》のままバスルームへ追い立てられ、頭から冷水のシャワーをかけられた。着替えることも許されず、優笑が履いたことで汚れた姉の靴を洗うよう命じられた。

何度も何度も、執拗《しつよう》に姉は言った。「これは、優笑のためなのよ」「あなたが将来、恥ずかしい思いをしないよう、教えてあげているの」と。

「——調子に乗ってるみたいだから、教えてあげなくちゃいけないみたいね。優笑、これはあなたのためなのよ。わかるでしょう?」

血の底から響いてくるような声に、優笑は返事すらできなくなる。

先ほどまで激昂《げっこう》して怒鳴っていた姉が、薄ら笑いを浮かべているのも恐ろしい。

「さあ、おうちに帰ってお父さんとお母さんと一緒に話し合いをしましょうか。なんなら慰謝料をもらうまで、優笑には実家で過ごしてもらってもかまわないわ。だって、あなたを不要だから切り捨てようとしている旦那と同じマンションで暮らすなんてみじめで恥ずかしくて、あまりにかわいそうだもの。だから、わたしが優笑を助けてあげるのよ」

姉が手をあげて、タクシーを停める。

悪意の鎖に全身を拘束《こうそく》されて、優笑は姉の言うがままタクシーの後部座席に押し込まれた。

取り戻したはずの世界が、閉ざされていく。光を奪われ、色を失い、優笑の世界が墨色に塗りつぶされていく。

頭のどこかで、ああ、逃げられないんだ、と自分の声がした。

——俊輔さん、わたしはどうしてもこの姉から逃げられないのかもしれません。だけど、あなたのことだけは絶対に守る。だって、俊輔さんはこんなわたしを守るって言ってくれたんだから……

それでもまだ、優笑は母に期待を寄せていた。父があいう性格なのは、仕事柄仕方ないことなのかもしれない。姉もそれを受け継いでしまったのかもしれない。けれど、母だけは姉が激昂したあと、優笑を慰めてくれることもあった。もしかしたら、母なら話をしたらわかってくれるのではないだろうか。

そんな、儚い望みをまだ胸に抱いていた。


昔、歴史の授業で聞いたことがある。拷問には手間や時間がかかるものが多いけれど、自白を引き出すには眠らせないというのが簡単だそうだ。

実家につくなり、優笑は荷物を取り上げられた。そして、父が帰ってくるまで頭を冷やせという姉によって、二階にある客用のバスルームに閉じ込められて、一夜が明けた。

喉が渇けば水は出る。トイレもある。けれど六月とはいえ、眠るにはバスルームの床はあまりに冷たく硬い。

外側から心張《しんば》り棒《ぼう》のように固定されているのか、ドアはどうしても開かない。何度も、壊そうと思った。必死にドアを叩き、大きな声で母を呼んだ。

そのすべてが無駄だとわかったころには、優笑は疲れ果てていた。

カーディガンにくるまって三角座《さんかくずわ》りで朝を迎えたところまでは記憶があるけれど、それ以降は朦朧《もうろう》としてよく覚えていない。

どのくらい、時間が過ぎたのだろう。父はまだ帰ってこないのだろうか。それとも、帰ってきているけれど優笑をここに閉じ込めておくつもりなのか。

——ああ、俊輔さんに会いたい。きっと心配してくれてるんだろうな。申し訳ないなあ……

こんなに悲しいのに、もう涙も出ない。

優笑はこの家で育った。ずっと蓋《ふた》をしていた記憶が、いくつもいくつもよみがえる。そのどれもこれもが、姉に与えられた恐怖だった。美しく優秀な姉は、家の中で優笑を奴隷《どれい》のように扱っていた。足蹴《あしげ》にされても、優笑には泣くことさえ許されなかったのだ。姉が笑えと言えば、笑わなければいけなかったのだから。

それを思うと、バスルームに閉じ込められるだけで済んでいるのは、運が良いと思えてくる。人間の精神は強く、そして脆《もろ》い。

膝をかかえたまま、うとうとと浅い眠りに落ちたころ、その声は聞こえてきた。

「——っ、優笑、どこだ！」

声の主を考える必要はない。一瞬で立ち上がり、優笑はバスルームのドアを両手で叩く。

「俊輔さん、俊輔さんっ！　に、二階です。二階の、バスルームにいますっ‼」

　今までの人生で、こんな大声を出したことがあっただろうか。あらん限りの声を振り絞り、優笑は俊輔の名前を呼ぶ。

　母が「やめてください、何してるんですか」と俊輔に言い返しているらしい声が聞こえた。

「優笑！　優笑っ‼」

「俊輔さん！」

　バタバタと階段を駆け上がる足音に続いて、バスルームのドアが向こう側から開く。そこに立っているのは、愛する夫だった。

「優笑……」

　何も言えずに彼の腕に飛び込むと、俊輔がきつく抱きしめてくれる。ほんの少し前までは、もう涙も出ないと思っていたはずなのに、頬を熱いしずくが伝っていく。

「だいじょうぶか？　体は？」

「へ、いき……、ごめんなさ……わたし、こんな……」

「優笑が謝ることは何もない。もう心配しなくていいよ。俺がどうにかする。優笑を守る」

　スーツのジャケットにしがみつき、優笑は子どものように泣きじゃくった。

　やっとのことで落ち着きを取り戻した優笑が時計を見ると、まだ昼前だ。

平日だというのに、俊輔の仕事はだいじょうぶなのだろうか。スケジュールを思い出そうとしても、頭の中にもやがかかったようで何も思い出せない。

「まったく、ずいぶん大仰なことをしでかしてくれるものだな、俊輔くん」

田津原家のリビングルームには、両親と姉、そして姉の夫である各務がそろっていた。彼らは父を中心に応接セットのソファに腰をおろしている。一方、優笑と俊輔は空いているソファに座ることさえ許されず、裁判の被告人尋問《ひこくにんじんもん》よろしく立たされていた。

ともすれば、昨晩からの疲労でくずおれそうになる体を、俊輔が支えてくれている。その腕の力強さとぬくもりが、優笑に力をくれた。

「大仰？　それを言うなら横暴《おうぼう》でしょう。そして、私ではなくあなたの長女に言うべきだと思いますが」

名前すら呼びたくないとばかりに、俊輔が姉を一瞥《いちべつ》して小さく嘲《あざけ》りの笑いを浮かべる。

「人の娘に対して、なんて口をきくんだ！　この若造が、図に乗りおって！」

「では、私の妻を監禁《かんきん》したことに関してはどう釈明《しゃくめい》するつもりかお聞かせください。それとも、先日のお話を白紙に戻すほうがよろしいですか？」

テーブルをこぶしで叩きつけ、父はわなわなと唇を震わせた。怒りにまかせて罵声をあげるのは、父も姉も同じだ。ただし、父が姉を怒鳴ることはなかった。姉は父の自慢の娘で、優笑はそうではなかったのだ。

「私は、本来ならあなたたちと話すことなど何もない。弁護士を呼ぶのが相応だと思っている」

そうしないでやっているのだ、と言外に含んだ返答だった。

父の態度に怯《ひる》むことなく、敬語と感情が消えた俊輔の声からは、いっそうの怒りを感じる。

おそらく、その場に集まった誰もが同じように感じたのだろう。父は言葉を呑み込み、姉は苛立たしげに髪をかき上げた。

「俊輔さん、弁護士だなんて滅相《めっそう》なことを言わないでくださいな。優笑と優美のきょうだいげんかでしかないのよ。ほら、優笑は昔から少し鈍いところのある子だから、優美が面倒を見てあげているだけで――」

信じられない母の言葉に、もしかしたらいちばん狂っているのはこの人なのかもしれないと思った。苦虫を噛み潰したような表情の父や、不機嫌をあらわにする姉よりも、母の作り笑いがおぞましい。

――これが、わたしの家族のほんとうの姿だったんだ。お母さんも、わたしの味方じゃない。ううん、それどころか昔からお姉ちゃんがわたしに何をしても、お母さんは黙認《もくにん》してきたんだもの。

膝がガクガクと震え、立っているのもやっとだというのに、優笑は目を閉じることも耳をふさぐこともできなかった。

「各務さん」

俊輔が名を呼んだのは、姉の夫の名字だ。

「あなたはご存じでしょうか？　ご自身の妻が、あなたに贈られた各務カバンをほぼ新品のまま、優笑に売りつけていたことを」

「なっ、何を言っているのよ⁉　ふざけないで！」

顔を赤くしたのは各務ではなく優美のほうである。

「根拠もなく、勝手なことを言わないでほしいわ！　そんな戯言、誰が信じるものですか！」

「いいえ、根拠どころか証拠があります。動かぬ証拠です。優笑のウォークインクローゼットに並んだ各務カバンのバッグと、あなたの家の海外ブランドのバッグです。おわかりでしょう？」

冷静沈着な俊輔の言葉に思い当たるところがあったのか、各務は妻に詰め寄る。

「優美、おまえ、まさか……」

「やめてよ！　そんなわけない！」

「だが、母さんが言っていたぞ。おまえが外出するとき、うちの商品を持ち歩かないと。嘘だと思っていたのに、ほんとうにそんなことをしていたのか？」

姉が取り繕うより先に、俊輔が軽く手をのばして各務を制した。

「申し訳ないんですが、夫婦げんかはのちほどお願いします。それと各務さん、あなたは田津原興産の今回の問題に関して、資金援助をするおつもりはあるのですか?」

「……は?　資金援助って、なんの話です」

ぽかんと口を開けた各務を見て、俊輔は哀れみにも似た笑みを浮かべる。

「優笑と離婚するなら金を払え、優笑と結婚生活を続けたいなら金を払え、金、金、金、とそちらの田津原氏は、再々連絡をくれましたよ。それにしても慰謝料に三億とは、ずいぶん法外な要求でしたが」

信じられない金額に優笑は絶句した。たしかにそれでは優笑が祖父母から残された預金では到底足りないだろう。

「ああ、余計な口出しをされるようなら、弊社は田津原興産を買収するのをやめます。それを念頭に発言してください」

すでに場は静まり返り、俊輔の独壇場《どくだんじょう》となっている。

「そうです。私は、ご要求の金額を援助することはしませんが、適正価格で田津原興産を買い取ります。それにはいくつか条件がありましたよね、お義父さん。お忘れですか?　あなたはすでに抵当《ていとう》に入っているこの家を手放し、東京を離れて老後を過ごす。そして、優笑には私を通じてしか連絡をしない」

——え……?

優笑は夫と両親の顔を交互に見て、俊輔の行動力に息を呑んだ。

いつの間に、そんな連絡をとっていたのだろう。それとも優笑が知らないだけで、ずっと水面下でやり取りがあったのか。

「……条件については、まだ譲歩の余地があると」

「ええ、ありましたよ。昨日まではね。なぜ優笑をバスルームに閉じ込めたんです？　わざわざ自分たちの首を絞めるだなんて、愚かしいことこの上ない。それとも、娘さんと共謀していたのではなく、すべてはあなたの知らないところで起こったと？」

「そ、そうだ！　これは優美が勝手にやったことだ‼」

父の悲鳴に似た発言に、姉がギロリと目をむいた。

「親子げんかも、どうぞのちほどぞんぶんに。ああ、各務の大奥さまには今回の件はすべてご報告済みです。私の知人に、辰川百貨店の大奥さまがいらっしゃいましてね。優笑のこともずいぶんとかわいがってくださっている。そちらから、お話はすべて伝わっていますよ」

その場を見回し、俊輔はぞっとするほど美しい笑みを浮かべる。

「あなたたちがしてきたのは、搾取《さくしゅ》です。優笑の心を、優しさを、利用しつくして搾取してきた。言い訳は聞きたくありません。理由があろうとなかろうと、親として家族として、してはいけないことをした。私はずっと、彼女をこの家から自由にしたいと願っていたのですが、ご存じでしたか？」

見回した視線を、最後に優笑に向けて。

俊輔は小さくうなずいて見せる。

「もう、ここに用はない。優笑は、何かあるかな?」

すがるような両親の目も、姉の横暴を許した理由も、そもそも姉がなぜあんな性格なのかも、優笑には関係のないことだと心から思った。

「いいえ」

「優笑!」

その返事に、母が名前を呼ぶ。

——お母さん、あなたもわたしを助けてはくれなかった。いつかもしかしたら、もっとちゃんと話し合える日が来るかもしれないけれど、今はできない。わたしは、この家でずっと苦しかった、つらかった。お兄ちゃんもそれを知っていて、家に寄り付かないのかもしれない。

「いいえ、何もありません。ご迷惑をかけます、俊輔さん」

俊輔が、大きな手で優笑の頭を撫でてくれる。それは、よくやったと言ってくれているようで、優笑はようやく心の底から笑うことができた。

† † †

後日、優笑が連れ去られたことを俊輔に連絡してくれたのが誰だったのかを聞いた。

社長室にて、その当人と個人的に会う時間を作ってもらえたのは俊輔のはからいである。

「菅谷さん、姉の件について知らなかったとはいえご迷惑をおかけしてしまい申し訳ありませんでした」

優笑は深々と頭を下げる。

「それにつきましては済んだ話です。どうぞお顔を上げてください」

ある意味では、優笑と同じように優美に虐げられた人物だ。彼女の古傷を抉《えぐ》ってしまったのではないかと思うと、頭を下げずにはいられない。

「罪を憎んで人を憎まず、とまで申しあげられるほどわたくしは人間ができていませんが、だからといって坊主憎けりゃ袈裟《けさ》まで憎いわけでもありません」

「菅谷さん……」

それよりも、と彼女は窓際に立つ俊輔に向き直った。

「社長、奥さまへのご説明はお済みでしょうか？」

新秘書の晴子にそう言われ、俊輔は珍しくギクリとした顔をする。

「説明って、なんのお話でしょう……？」

優笑の顔を見て、晴子がかすかにため息らしきものをもらした。らしきであって、ため息そのものではない。晴子は有能な人物で、ここは職場である。

「まだのようですので、わたくしは席を外させていただきます。奥さま、詳細に不明点がありましたら、いつでもわたくしまでご連絡いただけますようお願い申しあげます」

さっぱり状況のわからない優笑と、妙《みょう》にそわそわと落ち着かない俊輔を残し、晴子が社長室を出ていった。

「ああ、ほんとうに菅谷さんは有能だ。一分の隙《すき》もない、すばらしい秘書だよ」

天を仰いで、俊輔が言う。

「あの、俊輔さん、お話が見えないんですが」

「つまりね、俺はきみが思うよりもずっとずっときみのことを好きだったってことだよ。優笑は覚えていないかもしれないけれど――」

中学生だった優笑が、マンボウの水槽の前で話した彼。

それが俊輔だと言われて、優笑は二度三度とまばたきをした。目が覚めたら消えてしまう夢のような話だ。しかし、これは夢ではない。

「だから、俺はそのころから優笑を知っていた。きみのほうは、そうじゃなかったかもしれないね」

初めて見る俊輔の照れた赤い頬に、心臓がぎゅっと締めつけられる。

こんなに不器用なところのある人だったなんて、今まで気づかなかった。好きだと自覚する以前も以降も、優笑にとって俊輔は完璧《かんぺき》すぎて遠い存在だったのだ。

「じゃあ、あのとき、お話したのが俊輔さんだったんですか……？」

「そうだよ。がっかりさせたかな」

「まさか！」

　遠い記憶の水槽に、マンボウがゆらりと泳ぐ。

『寂しくないように、一緒に泳いでいるんじゃないかな』

　彼は、そう言っていた。それが真実でも、そうでなかったとしても構わない。優笑にとっては、優しくて幸せな記憶だったから。

「……俊輔さんは、わたしの初恋の人だったのかもしれません」

「ちょっと待った。かもしれないってどういうことだ。俺はそうだと思っていたんだけど、違うかもしれないいいいのか？」

　ふふっと笑った優笑に、美しすぎる夫が懊悩《おうのう》の表情でパンフレットを差し出してきた。

「これは……？」

「弊社は新たに水族館を作るためのプロジェクトを立ち上げることになった。それに伴《ともな》い、カナエックスとは別に子会社を設立する。優笑にはそこで、代表取締役として活躍《かつやく》してもらいたい」

　手にしたパンフレットの表紙は、青い海中写真だった。

「水族館の飼育員になるのも、優笑の自由だよ。だってきみには、これからいくらでも可能性があるんだから。俺の準備した道が気に入らなかったら、いくらでも好きに羽ばたいていい。だけど、それはできれば深山優笑として――」

「はい！」

優笑は、彼の言葉が終わる前に飛びつくようにして俊輔に抱きついた。

「優笑？」

「自由は、俊輔さんが教えてくれました。わたしの自由は、俊輔さんといる未来を選ぶことです。それだけで幸せなのに、こんなにいろいろ考えてくれていたなんて信じられなくて、嬉しくて、なんて説明したらいいかわからないんです。だから、俊輔さん、ごめんなさい、大好きです！」

「……ごめんなさい、はおかしいけれど、今日はそれでいいよ。俺もきみのことが大好きだからね」

ぬくもりは、この腕の中にある。

いつだって、優笑の幸せを考えてくれる人がひとりいてくれるのだ。愛する人が一緒に考えてくれる未来があるなら、それこそが自由だと言える。

「今日はいっそ、このまま早退したい気持ちだな」

優笑を抱きしめて、俊輔が笑った。

† † †

夜空に星がまたたくころ、深山夫妻は寝室でキスを繰り返す。

「俊輔さん、水族館のことはいつから構想を練《ね》っていたんですか？」

重なるくちづけの合間に、優笑は夫を見上げて尋ねた。

「優笑とお見合いをした日かな」

「……え？」

予想よりもかなり早い段階だ。結婚してから、もしくはもっとあとになってから考えたとばかり思っていた。

「具体的に考えるようになったのはその日だけど、構想という意味ならもっと前かもしれない。優笑を水族館のマンボウの水槽の前で見たとき、あれがきっかけだったのは間違いない」

「だ、だって、そのときはまだ……」

「たとえばきみが田津原興産のお嬢さんじゃなくたって、俺はきっと見つけ出した。もう一度会いたいと、何度でも会いたいと思ったんだから」

ちゅっと音を立ててスタッカートのようなキスをふたつ。俊輔が優笑の体を抱きしめたまま、ベッドに倒れ込む。

「あの、じゃあ、わたしのことはいつから――」

「優ー笑」

唇の前に人差し指が立てられ、優笑は目を丸くした。

「それよりも、俺はきみに愛されているのを確認したいんだけど?」

「っっ……、は、はい」

舌でつんつんと唇をノックされる。もどかしいくらいに、彼を愛していた。

――だけど俊輔さんは、もっと前からわたしのことを想ってくれていたの……?

「俊輔さん、もうひとつだけ質問を……」

「駄目。俺はもう待てない。というか、待ちたくない」

冗談か本気かわからない艶冶な笑みを浮かべて、彼は舌先を優笑の口腔に忍び込ませる。

「ん、ぅ……っ」

逃げようとする体を、逃がさないとばかりに抱きしめられて、舌と舌が絡み合った。キスの回数は、もうきっと数えられない。最初の一回から、人生最後のキスまで、すべてが俊輔とだけならいい、と優笑は目を閉じて思う。

「いい子だね。ぞんぶんに俺に愛されて、優笑」

ベッドにうつ伏せになって、優笑はまくらにしがみつく。赤くなった顔を見られるのが恥ずかしい。

「や……だ、そこ、くすぐったい……っ」

背骨にそって唇を這わせる俊輔は、「ほんとうに？」と尋ねてくる。

「ほんとうに、くすぐったいだけ？」

「んっ、ほ、んとに……っ」

だが、一糸まとわぬ体は甘い快感の予感で震えていた。感じやすい場所だと優笑が認識している以外の部分さえ、俊輔に触れられると全身が性感帯になってしまう。

「もう、舐めちゃダメですっ」

「嫌だよ。優笑の体は全部俺のものだから。どこにだってキスする」

つう、と背を舌先でなぞられて、優笑は高い声をもらした。

「ほら、くすぐったいだけじゃないみたいだけど？」

「違っ……、ん、んーっ！」

「どこもかしこもかわいすぎて、どうしようもないな。優笑のせいで、俺はおかしくなるって知ってた？」

最初は俊輔に「かわいい」と言われるたび、違和感があった。かわいいだなんて、言われ慣れていない言葉だった。

だが、今は違う。彼の言葉を疑うのではなく、彼が心からそう思ってくれているのが伝わってくる。

――俊輔さんに、少しでもかわいいと思ってもらえる自分でいたい。

愛される喜びを知って、自分が変わっていく。変化を受け入れた優笑は、当人が思うよりもずっと美しく開花しはじめていた。

「優笑、こっち向いて。かわいい顔を見せて」

「俊輔さんの、いじわる……」

そう言いながらも、逆らえない心と体。かつて、家族という鎖《くさり》に縛《しば》られて反抗することなく過ごしていた日々とは違う。彼に逆らわないのは、彼を愛しているからだと優笑にはわかっている。

「ああ、やっとこっちを向いてくれたね」

目と目が合うと、俊輔は極上の微笑みで優笑をまっすぐに見つめてくれる。その瞳に映る自分は、きっと今までにないほど幸せな顔をしているだろう。

「……好きだよ」

「わたしも、大好きです」

「離婚なんて、絶対にしない」

彼は優笑の鎖骨《さこつ》にキスを落とすと、やわらかな胸の膨らみを両手で弄《まさぐ》った。

「しないで、ください」

「それを聞きたくて俺がどんなに苦労したか、きみはあまりわかっていないないな」

くすくすと小さく笑い声が寝室に響く。どこかひそやかで、甘い香りに濡れた声。

「わかるまで、教えてくれますか？」

誘う言葉は、彼だけに。

ささやかな誘惑の問いかけに、俊輔は満足げにうなずく。

「もちろん。優笑が遠慮しても、一生かけて教えてあげるよ」

「一生、かかりますかね……」

「なんなら来世までかけてもいい」

「もう、俊輔さんったら」

結婚から二年が過ぎて、今さら新婚生活を取り戻すようにふたりは抱きしめあった。ある意味では、これがふたりの結婚の始まりなのだ。

「……来世まで待てそうにないな」

濡れた蜜口に、俊輔がそそり立つ情欲の先端をあてがう。互いの敏感な部分が触れた瞬間、優笑の体はぴくんと震えた。

「ん……っ」

「ねえ、優笑。挿《い》れてもいい？」

根元を手で握り、彼は優笑の入り口を先端でこする。切っ先が花芽をかすめると、今にも達してしまいそうな快感が腰からうなじまで突き抜けた。

「い、れてくださ……」

「うん、じゃあこのまま……」

くぷ、と膨らんだ部分が体の中に入ってくる。

「ぁ、あ、ああっ……」

何度受け入れても、ひどく不思議な感じがするのは、まだ優笑が不慣れだからだろうか。この先、彼に愛される日々を送っていけば、いつかはふたりの体がひとつになったように思うのだろうか。

——別々のままでいい。

隘路を押し開かれる間、優笑はそう思った。

別々のふたりだから、抱き合うことができる。相手を想い、その熱を知ることができる。

「奥まで、いくよ」

「んっ、俊輔さん、来て……」

しとどに濡れた蜜路を、彼の熱情がみっしりと埋め尽くした。

受け止める粘膜は甘くこすれ、優笑はわずかに逃げを打つ。その腰をつかまえて、俊輔がさらに奥へと自身をめり込ませてくる。

「あ、待っ……、そこ、ダメ……っ」

「ここ?」

感じやすい部分を焦らすように攻めて、俊輔がせつなげな吐息をこぼした。

「でも、今夜は俺もあまりもたないかもしれない。優笑がかわいく締めつけてくるせいだね」

「わたし、そんなことしてないです！」

「してるよ。ほら、わかる？」

「や……っ」

ベッドの上で、優笑の長い髪が波を打つ。

「んっ……俊輔、さ……」

合わせた肌の温度が、泣きたいくらいに幸せだった。

「いいよ。今夜は声を我慢しないで。全部、俺に聞かせて」

「あ、あっ……」

彼の背に爪を立て、優笑は必死にしがみつく。

裸の背中は広く、熱と汗が伝わってきた。

「好き……、俊輔さんが、好きです……」

「俺も優笑が好きだ。ずっと、きみのことを好きでたまらなかった」

深く穿たれて、優笑は自分から腰を揺らしてしまう。少しずつ馴染んだ快楽は、体だけではなく心の奥まで俊輔を染み込ませていた。

「だから、もう一度プロポーズさせて。俺は、優笑と一緒に生きていきたい。優笑の笑う世界が見たいんだ」

「わ、たしの……？」

「そうだよ。きみが自由に笑って、自由に泣いて、自分の意志で俺を求めてくれる。そんな世界にずっと憧れていた」

――なんでも持っていて、なんだってできる俊輔さんが？

「きみがいないと、俺の世界は始まらない。だから誰かの決めた結婚じゃなく、優笑のほんとうの気持ちで俺と結婚してほしい。きみの隣に、いたい」

「わたしも……、わたしも、俊輔さんと一緒にいたいです……っ」

唇が重なると、つながる体がはしたないほどに悦びを増す。キスの合間にどちらのものかわからない吐息が、寝室を甘く濡らしていく。

あとがき

こんにちは、麻生ミカリです。

ガブリエラ文庫プラスでの五冊目、『契約離婚　花嫁は御曹司に甘く囚われる』をお手にとっていただき、ありがとうございます。

今回のヒーローは、今までの自著の中でも一、二を争う一途男子ではないかと思います。愛する女性のためにできることを、彼は彼なりにひたすら考えた結果、なぜか離婚を提案するという……いいえ、ほんとうに一途なんです。詳しくは本文で！

イラストをご担当くださいました、天路ゆうつづ先生。ヒーロー俊輔の繊細な顔立ちに、画面の前でドキドキさせていただきました。すばらしいイラストをありがとうございます。

最後になりましたが、この本を読んでくださったあなたに最大級の感謝を込めて。

またどこかでお会いできる日を願って。それでは。


スプレーの化粧水が気持ちのよい季節に　麻生ミカリ

契約離婚 花嫁は御曹司に甘く囚われる　キャラクターデザイン：天路ゆうつづ
■深山俊輔■
■深山優笑■
天路ゆうつづ
先生の
キャラクター
デザイン♥

ガブリエラ文庫プラス
gabriella plus

MGP-059

契約離婚 花嫁は御曹司に甘く囚われる

2020年7月15日　第1刷発行

著　者　麻生ミカリ
装　画　天路ゆうつづ

発行人　日向 晶

発　行　株式会社メディアソフト
〒110-0016　東京都台東区台東4-27-5
tel.03-5688-7559　fax.03-5688-3512
http://www.media-soft.biz/

発　売　株式会社三交社
〒110-0016　東京都台東区台東4-20-9　大仙柴田ビル2F
tel.03-5826-4424　fax.03-5826-4425
http://www.sanko-sha.com/

印刷所　中央精版印刷株式会社

麻生ミカリ先生・天路ゆうつづ先生へのファンレターはこちらへ
〒110-0016　東京都台東区台東4-27-5 (株)メディアソフト
ガブリエラ文庫プラス編集部気付 麻生ミカリ先生・天路ゆうつづ先生宛

ISBN 978-4-8155-2054-0　Printed in JAPAN